U0898840

世界英雄
史诗译丛

熙德之歌

佚名 著　屠孟超 译

译林出版社

目　　录

序　言

《熙德之歌》[1] 是西班牙文学史上最早的一部史诗。它本是一部游唱诗,作者是谁,已无从查考。有的文学史研究家认为是教士所作,有的认为是游唱歌手的作品。盛行于十二世纪的游唱诗均是一些不知姓名的游唱歌手创作的。他们生活贫困,四处漂泊,或在街头广场,或在酒肆旅店,或在贵族府第卖艺度日。当时西班牙民众都不识字,他们为了娱乐,同时,也为了得到一些历史知识,很爱听游唱诗人演唱或朗诵。《熙德之歌》是迄今保留最完整的一部游唱诗,写作时间一般认为在一一四〇年至一一五七年之间,全诗长达3700多行,是根据历史事实写成的。熙德是西班牙著名的民族英雄,原名罗德里戈·鲁伊·地亚斯,公元一〇四〇年左右生于比瓦尔村,父亲是比瓦尔的贵族。他英勇善战,赢得摩尔人的尊敬,被称为"熙德"(阿拉伯语对男子的尊称)。卡斯蒂利亚国王阿方索六世因熙德对摩尔人作战功勋卓著,将自己的堂妹希梅娜许配给他为妻。

一〇八〇年,熙德因未经阿方索国王的同意,擅自对托莱多伊斯兰王国发起进攻,引起国王强烈不满,于次年被流放国外。熙德被迫率领一部分亲友和追随者离开卡斯蒂利亚,到占据萨拉戈萨的摩尔国王的军队中效力,并

① 这部史诗的全名是《我的熙德之歌》(CANTAR DE MIO CID)。"熙德"源于阿拉伯文,是对男子的尊称。"我的熙德"即"我的主人"或"我的先生"。

成为国王的保护人,后来脱离了摩尔国王。由于他骁勇善战、慷慨大方、宽宏大量,卡斯蒂利亚和周围各王国的许多勇士慕名前来投奔,熙德势力迅速壮大,并不断地与摩尔人作战,屡战屡胜。一〇九四年,熙德攻下了巴伦西亚及其周围地区,成为这一地区实际上的统治者。一〇九九年,熙德在巴伦西亚去世,他的妻子希梅娜携其遗体回卡斯蒂利亚。

《熙德之歌》便是根据罗德里戈·鲁伊·地亚斯的生平事迹经过艺术加工创作的。全诗分三部分(三歌)。熙德受国王阿方索的派遣,去塞维利亚征收摩尔国王的贡品,回到卡斯蒂利亚,嫉妒他的朝臣诬告他侵吞贡品,国王愤怒,下令流放熙德,限他九日内离开卡斯蒂利亚。熙德不得已率领少数亲友和自愿与他一起流放的随从去德卡德尼亚修道院,与在那儿避难的妻子和两个女儿告别。由于国王下令剥夺了他的家产,熙德和手下人一路上的食宿都成了问题。民众虽然喜爱他,但国王传令,严禁他们让熙德的人留宿,谁也不敢违抗王命。为了生存下去,并壮大自己,熙德在限期内离开卡斯蒂利亚国境后,便开始与摩尔人作战,夺取战利品。在每次交战中,熙德总能以少胜多,战胜强敌,因此,名声越来越大,卡斯蒂利亚和周围王国的许多武士都慕名前去投奔。熙德接着和巴塞罗那的伯爵作战,生擒了伯爵,但三天后,又将他释放。

攻占巴伦西亚后,熙德从缴获的众多战利品中精选百匹骏马和其他的珍贵物品派部将阿尔瓦尔·发涅斯去给国王阿方索送礼,请求国王恩准他的妻女来巴伦西亚与自己团聚。发涅斯完成了使命,将熙德妻女带回巴伦西亚。熙德战胜了侵犯巴伦西亚的摩洛哥国王的大军后,派发涅斯给国王送去两百匹良马。

熙德在历次战役中均获胜，缴获了许多战利品，名扬四方，消息传到了卡斯蒂利亚，朝臣们均十分敬仰他。这时，朝中有两个贵族子弟——卡里翁伯爵的后代费尔南多和迭哥贪图熙德的财物和名声，央请国王做媒，想娶熙德的两个女儿。国王答应了。他约熙德在塔霍河畔会面，当众赞扬了熙德，并宽恕了他。熙德本来不同意将女儿嫁给卡里翁两公子，但国王已答应，不好推却，只是不愿亲自主持婚礼，由国王指定的代表发涅斯主婚。

卡里翁两公子既贪财又胆怯，熙德手下的人都瞧不起他们，常常嘲弄他们。两公子怀恨在心，妄图报复。他们请求将妻子带回卡里翁，熙德同意，并赠送他们两柄名剑和许多金银财物。熙德当时还没有识破女婿们的阴险用心，但分别时一种不祥的征兆使他提高了警惕，决定派自己的侄子费莱斯·穆涅斯护送。

两公子早有预谋，当一行人到了科尔佩斯橡树林时，便命费莱斯·穆涅斯及随从们先行，他们将自己的妻子剥去外衣，打得昏死过去，然后将她们遗弃在林中，让野兽吞食。幸亏费莱斯·穆涅斯识破了他们的阴谋，悄悄返回，及时营救了他的两个堂姐妹。熙德获悉后，一面派人接回自己的女儿，一面向国王控诉，请他主持公道。国王在当时的京城托莱多[①]召集贵族和著名的法学家，召开御前会议，亲自主持庭审。熙德当众揭露卡里翁两公子的罪行，并要回了赠送给他们的财物，最后，向两公子发出决斗挑战，以报仇雪耻。这时，纳瓦拉和阿拉贡两王国的王子派使者来向熙德的女儿们求婚，国王同意她们再嫁。

决斗在卡里翁进行，结果是熙德手下的三名将士将

① 卡斯蒂利亚王国原来建都于布尔戈斯城，1087年迁都托莱多。

卡里翁两公子和他们的兄长击败,卡里翁公子一家人承认失败,熙德终于报了仇。全诗以熙德女儿们的盛大婚礼告终。

《熙德之歌》将主人公熙德作为杰出的民族英雄来加以歌颂,这充分反映了人民大众的感情和愿望。众所周知,自从公元七一一年摩尔人大举入侵西班牙后,西班牙人民长期遭受异族的侵略、压迫和统治,西班牙民众和侵略者摩尔人之间的矛盾成了当时社会的主要矛盾。摆脱异族的欺压,争取独立自由,收复国土,统一祖国是西班牙人民的共同愿望。作为一名封建骑士,熙德远非完美无瑕(如他曾几次在摩尔国王的军队中服役,他也参与过诸侯之间的混战等),但英勇地抗击异族入侵,并取得辉煌的战果这一点毕竟是他一生事迹的主流,因而,人民大众将他看成英雄,看成民族解放意愿的体现者,人民中间出现诸多关于熙德的传说。《熙德之歌》的作者融合了这些民间传说,突出了他英勇战斗、抗击异族入侵、收复国土的一面,将他塑造成反击侵略者的坚强战士和体现卡斯蒂利亚人民传统的忠勇精神的民族英雄。

《熙德之歌》在描绘主人公与国王阿方索的关系方面也体现了人民大众的思想感情。熙德是个忠臣,尽管遭到国王不公正的待遇——将他流放,但他对君王始终忠贞不二;后来他占领了巴伦西亚,成了实际上的一方之主后,仍然对阿方索忠心耿耿,俯首称臣。从历史的眼光看,熙德的忠诚完全和民众的愿望一致,因为在民众的眼里,国王是驱逐异族入侵者、统一祖国的领头人,只有诸侯藩臣忠于国王,君臣团结,才能战胜敌人。事实上,卡斯蒂利亚国王阿方索在领导民众抗击摩尔人、收复国土方面确实起过积极的作用。因此,他们竭力颂扬忠于国王的臣属,而对窃据一方、飞扬跋扈的封建贵族则深恶痛绝。另外,以阿尔瓦尔·发涅斯为代表的熙德手下的一大批部属对熙德的一片忠心,也同样体现了这种关系。史诗的作者还将忠勇双全的英雄人物熙德跟以卡里翁两公子为代表的某些封建贵族进行了鲜明的对比:熙德的忠勇、正直、慷慨、宽宏大量的性格受到了充分的赞扬,而卡里翁两公子等人的怯懦贪婪、奸诈残暴受到了无情的揶揄和揭露。

《熙德之歌》从艺术角度看是一部贯穿着现实主义精神的作品。它不仅描写人物异常生动真实,具有典型意义,而且还如实地反映了西班牙当时的日常生活、风俗习惯和人们的精神面貌。作品的语言淳朴自然,笔法简练生动,许多场景寥寥几笔便形象地展示在眼前。例如,关于激烈的战争场面的描绘:

人们只见到刀枪在上下飞舞,
许多面盾牌被刺穿,
许多件铠甲被撕烂,
许多面白旗被血染红,
许多匹无主的骏马在狂奔,
摩尔人高呼:“穆罕默德!”
基督徒高呼:“圣雅各!”

又如描述熙德与妻女告别的情景:

美髯公这时伸出双手,
将一对女儿抱在怀里,
让她们紧紧地贴着自己的前胸——

他是多么疼爱她们！
一声长叹，两眼早已泪如泉涌。
“堂娜·希梅娜啊，我的贤妻，
我爱你犹如爱我自己。
我将远行，你却留在此地，
生生分离已昭然若揭。
求主和圣母玛利亚同意，
让我亲自办理女儿的婚事。
愿我此生有幸得到长生，
好回来陪伴你——我忠诚的夫人。”

这儿我们看到了熙德这个赳赳武夫性格的另一面——对亲人无比深沉的爱。

就语言艺术而言，《熙德之歌》作为西班牙文学史上的早期作品，和当代的作品相比，不免显得有些粗糙。上文已讲到，它是游唱诗。游唱诗的写作是为了进行口头吟唱，因此，主要要求顺口动听，并不太注意韵律，每行的音节也不固定，有时相差很大。由于演唱没有固定的场所，听众十分庞杂，秩序又不好，演唱者为了将故事的情节交代清楚，常常将某些重要的段落重复吟唱。这都是游唱诗的基本特征。

《熙德之歌》不但在西班牙文学史上占有极重要的地位，而且从世界文学史上的角度看，也是一部不可忽视的作品。文学史家们常常将它与法国的《罗兰之歌》、德国的《尼伯龙人之歌》并列，统称为中古欧洲的三大英雄史诗。

屠孟超

第一歌

熙德的流放

国王阿方索[①] 派熙德前去征收塞维利亚摩尔[②] 国王的贡品。摩尔国王遭到卡斯蒂利亚伯爵加尔西亚·奥多涅斯的进攻。熙德在卡布拉[③] 打败了加尔西亚·奥多涅斯，将他生擒并羞辱他，使他无地自容，以此保护了卡斯蒂利亚国王的这个摩尔藩王。熙德带着贡品回到卡斯蒂利亚。然而，他的仇人在国王面前进了谗言，挑拨他和国王的关系，国王决定流放他[④]。

国王堂阿方索[⑤] 派熙德·鲁伊·地亚斯前去征收科尔多瓦和塞维利亚两国国王每年应进献的贡品。当时塞维利亚国王阿尔穆塔米斯和格拉纳达[⑥] 国王阿尔穆塔法尔之间结怨甚深，是一对不

① 指卡斯蒂利亚和莱昂的国王阿方索六世(1030—1109)。

② 摩尔人系公元 8 世纪初入侵西班牙的阿拉伯人，盘踞西班牙长达 700 年，于公元 15 世纪才被逐出。

③ 西班牙科尔多瓦省一城镇。

④ 《熙德之歌》1779 年初版时，系根据彼尔·阿巴德于 1307 年抄写的手抄本。手抄本的第一页缺失，以下是根据《二十国王编年史》以散文形式加以补充的。

⑤ 即上文的阿方索六世，“堂”是对男子的尊称。

⑥ 科尔多瓦、塞维利亚和格拉纳达现均为西班牙的行省。

共戴天的死敌。格拉纳达国王阿尔穆塔法尔麾下有若干名“富人”[①]辅佐他，他们是堂加尔西亚·奥多涅斯伯爵、纳瓦拉[②] 国王堂加尔西亚的女婿福尔东·桑切斯和洛贝·桑切斯等。这些“富人”各尽所能，帮助阿尔穆塔法尔，率领自家军队向塞维利亚国王阿尔穆塔米斯发起进攻。

熙德·鲁伊·地亚斯获悉那些“富人”已向自己的主公堂阿方索国王的藩王和纳贡人塞维利亚国王发起了进攻后，认为他们这样做非常不妥，感到非常痛心。他给“富人”们送去一封信，请他们不要进攻塞维利亚国王，也不要蹂躏他的土地，因为他们都对国王堂阿方索负有义务。他在信中还说，如果“富人”们对他的恳求置之不理，那么，他们应该明白，国王堂阿方索对此决不会袖手旁观，他一定会援助自己的藩王和纳贡人。格拉纳达国王和“富人”们对熙德的话置若罔闻，他们出动大队人马，将塞维利亚国王的全部领地(包括卡布拉的城堡)都夷为平地。

熙德·鲁伊·地亚斯见到事情已发展到这样的境地，便聚集基督徒和摩尔人的全部力量准备与格拉纳达国王交战，以便将他赶出塞维利亚国王的土地。格拉纳达国王和他手下的那些“富人”知道熙德已率兵前来，便派伤告诉他，他不可能将他们赶出塞维利亚国土。熙德·鲁伊·地亚斯听了，心想如不发起进攻，形势就会对自己不利。于是，便挥戈与他们在旷野里展开激战，战事从早晨六时延续到中午，在格拉纳达国王方面，摩尔人和基督徒士兵的伤亡很大。熙德击败了他们，迫使他们逃离了战场。这一仗熙德生擒了堂加尔西亚·奥多涅斯伯爵，还拔去他一撮胡须[③] ……此外，还把

① 塞维利亚国王阿尔穆塔米斯和格拉纳达国王阿尔穆塔法尔均系摩尔人，信伊斯兰教。这儿的“富人”指基督徒骑士，他们由于种种原因，投靠摩尔国王，为他们效劳。

② 今西班牙北部一行省。

③ 这显然是对俘虏的一种侮辱，奥多涅斯伯爵因此对熙德怀有刻骨仇恨。

其他许多被俘的骑士和限数士兵的胡须拔去。熙德将战俘关押了三天后,全部释放。在战俘被关押期间,熙德派手下人收集敌方失落在战场上的金银财宝,之后,便带着全部财物班师回塞维利亚,会见国王阿尔穆塔米斯,并将国王和他治下的全部摩尔臣民能辨认出来的财物统统交还给他们,还将他们愿意得到的别的财物也给了他们。从那时起,无论是摩尔人还是基督徒都将鲁伊·地亚斯尊称为"熙德·坎佩亚多尔",意思是"骁勇善战的熙德"。

阿尔穆塔米斯馈赠给熙德许多礼品,并缴纳了熙德前去征收的贡物。于是,熙德便带着他征收到的全部贡品回去晋谒他的主上堂阿方索国王。国王对他以大礼相迎,并对他在战场上的所作所为深表满意。为此,他招来了许多人的嫉妒,他们千方百计伤害他,在国王面前诋毁他……

国王听信了诽谤者的谗言,对熙德非常生气,立即对他下了一道手谕,令他急速离开国境。熙德看了国王的手谕,尽管异常悲痛,但也不想为改变既成事实做些什么,因为九天后他就得离开王国。

一

熙德召集自己的部属,他们将与他一起流放。熙德离开比瓦尔。(彼尔·阿巴德的手抄本从这儿开始)

熙德命人找来了他的全部亲属和部下,对他们说国王已命令自己离开国境,并只给他九天期限;他想听他们说说,谁愿意跟自己同行,谁打算留下来。

“谁愿与我同行，愿苍天给他们赐恩；
想留下来的人，我也像友人一样与他们辞行。”
于是，熙德的表弟阿尔瓦尔·发涅斯[1] 说道：
“熙德啊，走遍山野和城镇，我们都紧随您不分，
只要我们还有一口气，决不与您分离；
我们跟着您，共享骡子和马匹，
耗尽了财物、衣被也在所不惜！
我们永远是您忠实的部属和仆隶。”
堂阿尔瓦罗[2] 的话众人都深表赞同，
熙德听了，心中感激万分……
熙德离开比瓦尔，向布尔戈斯[3] 前进，
他那几座官邸已空无一人。
[4] 他回头对府第投以最后一瞥，
眼泪如泉水般夺眶而出。
他见到大门洞开，没有上锁，
衣架空空，不见昔日的皮袍和风衣，
也不见猎鹰和已换羽毛的苍鹰。
熙德长叹一声，心头无比郁闷，
却又无可奈何地说道：
“高居天庭的主啊，荣誉属于你！
这一切全都由狠毒的仇人们造成！”

---

① 这一诗句是根据《二十国王编年史》补足的，在手抄本中称发涅斯为侄子。
② 即上文的阿尔瓦尔·发涅斯。
③ 当时系卡斯蒂利亚王国首都，现为布尔戈斯省省会。
④ 手抄本行数由此开始。

二

赴布尔戈斯途中的征兆。

　　熙德一行以马刺踢马，松开缰绳驰骋，
离开比瓦尔时，他们见到一只乌鸦在右边飞行，
进入布尔戈斯时，乌鸦又高飞左边天空①。
熙德耸了耸肩，又晃了晃脑袋，说道：
“哈哈，阿尔瓦尔·发涅斯，尽管我们被迫走出国门，
但往后一定能体体面面地回到卡斯蒂利亚！”

三

熙德进入布尔戈斯。

15b 　　熙德·鲁伊·地亚斯进入布尔戈斯城，
六十面军旗与他随行。
16b 城里的男女老幼，有的走出家门，
有的探身窗外，想看一看这位英雄。
他们泪流满面，心中无限悲痛，
众口一词，异口同声：

① 根据西班牙当时的习俗，乌鸦从右边飞到左边象征吉祥如意。

"苍天啊,如果有个贤君,他真是一个良臣!"

四

谁也没有请熙德去自家留宿。只有一个女孩跟他说话,让他离去。熙德一行无奈只好在城外的一块荒滩上安营。

人们本都愿意让熙德留宿,
但谁也不敢这样做,
因为他们知道国王堂阿方索非常恼火。
昨夜国王的谕旨已传送到布尔戈斯,
上面盖了王玺,措辞十分严厉,
谁也不能留熙德·鲁伊·地亚斯过夜。
有人胆敢这样做,必将受到严惩:
财产遭到没收,还保不住自己的眼睛,
连躯体和灵魂也得不到拯救和超升。
众人听了,无比悲愤,
但只好躲开熙德,一声不吭。
坎佩亚多尔来到他常住的客店,
走近一看,紧闭大门,
店主害怕国王堂阿方索。国王早已下令,
不给熙德开门,除非他破门而进。
熙德的人提高嗓音叫门,
里面的人听了,一声都不答应。
熙德用马刺踢马,走近门厅,

从马镫上抽出一只脚,用力踢门,
然而,门还是无人开,仍然关得很紧。
　　一个九岁的女孩来到他跟前,站立开言:
"坎佩亚多尔——吉日良辰佩上剑的人[①],
昨夜送来了国王的手谕,严禁对您开门!
语气十分严厉,还盖了国王的大印。
我们既不敢开门,也不敢让您栖身,
否则,我们将失去一切,房屋也将被焚,
还要挖掉两只眼睛。
熙德啊,我们倒了霉,您也一无所获,
但愿仁慈的主和所有的圣徒保佑您太平!"
说完,女孩就回转身,进入家门。
于是,熙德明白国王已对他情断义尽,
他便离开客店,穿过布尔戈斯城,
来到圣玛利亚教堂,立即翻身下马,
双膝跪地,祈祷得无比虔诚。
做完祷告,旋即飞身上马,
走出教堂门,渡过阿朗逊[②],
决定在城郊的一块荒滩上安营。
熙德下了马,下令搭起了帐篷,
熙德·鲁伊·地亚斯——吉日良辰佩上剑的人,
由于无人留宿,只好在荒滩上栖身。
仿佛在荒山上一般熙德和衣而卧,
睡在他四周的是他的那些随从。
他还遭禁止在布尔戈斯城,

① 意即熙德已封授为骑士。
② 布尔戈斯城边的一条河流,长 130 公里。

采购粮食和生活日用品；
人们慑于国王淫威，
连一分钱的商品也不卖给他们。

五

马丁·安托利纳斯从布尔戈斯给熙德送来了粮食。

马丁·安托利纳斯是个善良的布尔戈斯人，
他给熙德及其随从送来面包和葡萄酒，
这不是城里所购，是他自家拥有，
他为熙德他们准备了旅途必需的全部食品。
熙德和他全体随行的人，
见到旅途上已不缺什么，都异常兴奋。
马丁·安托利纳斯开口说话：
“坎佩亚多尔——吉日良辰诞生的人，
今晚我们就在这儿过夜，明早立即出发，
因为我为你们效劳定将受罚，
阿方索国王盛怒之下，我的脑袋就要搬家。
如跟你们逃走，就能将性命保留，
往后国王一定会将我看成朋友。
如果不是这样，那我留下的财物就毫无意义。”

六

穷困潦倒的熙德同意马丁·安托利纳斯的主意。两只装满泥沙的箱子。

熙德——在吉日良辰佩上剑的人说道：
“马丁·安托利纳斯，你真英勇可敬，
我若能继续生存，定要加倍报恩。
随身带来的金银，我已耗尽，
眼下我已身无分文，这点你已看清。
我需要给随行人员支付薪金，
可谁肯自愿借给我分文？
无奈我只好采用下面计谋伎俩：
你如果同意，替我准备两只大箱，
里面装满黄沙，这样就显得很有分量，
外面包上带花纹的皮张，再用钉子牢牢钉上。”

七

用准备好的两只箱子从布尔戈斯两个犹太人那儿弄到钱财。

“包箱子的皮革红彤彤，钉箱子的钉子闪金光。

你立即替我去拉克尔和比达斯那儿走一趟,
告诉他们,我已遭到流放,
国王禁止我在布尔戈斯采购食粮;
我又无法带走这两只沉甸甸的大箱,
只好在他们那儿典当,
盼能得到一笔合情合理的押金。
请他们晚间来取箱子,免得让人看见。
愿苍天和圣徒们明鉴:
我这样做也是不得已,
这完全违背了我的本意。”

八

马丁·安托利纳斯回布尔戈斯见犹太人。

马丁·安托利纳斯一刻也没有耽误,
来到布尔戈斯,进入城堡[①],
急急前去会见拉克尔和比达斯。

① 当时常常让犹太人集中住在城堡里。

九

马丁·安托利纳斯与犹太人谈生意。犹太人来到熙德的营寨。他们运走了两只装满沙子的箱子。

拉克尔和比达斯正在一起，
计算看他们赚到了多少钱币。
马丁·安托利纳斯来到他们面前，
小心谨慎地开言：
“啊呀，两位不是我的好朋友拉克尔和比达斯吗？
我有件事想单独和两位商谈。”
三人一刻也没有耽误时间，
立即来到一个僻静的地点。
“拉克尔、比达斯，请你们对我伸出手来[①]，
向我保证，无论对摩尔人还是基督徒，
绝对不把我说的这件事泄露。
我要让你们赚大钱，发大财，
一辈子也享用不完自己的财富。
坎佩亚多尔前去征收贡物，
征得金银财宝不计其数。
他把最贵重的给自己留住，
为此，遭到揭露，被国王流放远处。

---

① 意思是向马丁·安托利纳斯起誓。

他随身带着两只装满纯金的箱子。
他抛弃了田园、家产，离开了官邸，
眼下已到了布尔戈斯，
他不敢随身携带那两只箱子，
害怕自己的行为遭到暴露，
坎佩亚多尔想将箱子寄放在你们处，
请你们借给他一笔公道合理的钱款。
你们快去取来箱子，妥加保管，
你俩还要对天起誓，
一年之内不得打开箱子。”
　　拉克尔和比达斯私下开始商议：
“做生意我们总该得点赢利。
我们早知他去摩尔人那儿征收贡赋，
自己吞没了好大一笔财富；
身上带那么多财物，自然夜里难圆好梦。
我们这就去将箱子取来，
将它们藏匿在没有人能发现的地方。”
“请问熙德打算借多少钱款？
同时，这一年里准备付给我们多少利息？”
马丁·安托利纳斯沉静地回答：
“熙德只要一笔合情合理的贷款，
他只为财产得到妥善保管，
我以为他不会要大笔款项。
许多穷困的人前来向他投奔，
他需要大约六百马克用来解困。”
拉克尔和比达斯表明：
“支付这样一笔钱我们很高兴。”
“你们瞧夜幕已经降临，

熙德一定等得焦急万分，
我请求你们立即将款交付给我们。”
拉克尔和比达斯迅即做出反应：
“这样做买卖怎么成？
应该先交货后付款才行。”
马丁·安托利纳斯说：“行，就这么办。
请你们去尊贵的坎佩亚多尔那儿拜见，
我理所当然会帮你们引荐，
还帮你们取来箱子妥善保管，
这一切都不能让任何人发现。”
拉克尔和比达斯说：
“这样安排我们没有意见。
一拿到箱子，我们就付六百马克现钱。”
　　马丁·安托利纳斯迅速骑上马，
拉克尔和比达斯在后紧跟。
为了不让布尔戈斯人发现，
他们不过桥，宁肯涉水历险。
三人来到机智的坎佩亚多尔的营地，
进入帐篷犹太人便吻他的手。
熙德脸带微笑对来人开了口：
“堂拉克尔和堂比达斯，你们可好！
两位一定已将我遗忘。
国王将我流放，我只好背井离乡。
看来我得留一部分财物请你们保藏，
你们后半生的日子一定会过得风光。”
拉克尔和比达斯又吻熙德的手[①]。

① 这次吻手的意思是向熙德表示感谢。

马丁·安托利纳斯早已将买卖谈成：
两只箱子用六百马克典当，
他们一年之内要将箱子妥为安放；
他们还做出保证，信誓旦旦，
如果违约提前打开了箱子，
熙德便不归还一分一厘当钱。
马丁·安托利纳斯说道：
“拉克尔、比达斯，快搬走箱子，
将它们安放在可靠的地方；
我还得随两位去取六百马克现金，
因为熙德在鸡叫前就得启程。”
见犹太人扛起箱子，熙德的人很高兴，
尽管他俩身强力壮，扛箱子却十分费劲。
拉克尔和比达斯得到这么多金银，
心里异常兴奋，
这后半辈子他们必定会当富人。

十

犹太人告别熙德。马丁·安托利纳斯和犹太人去布尔戈斯。

拉克尔吻了吻熙德的手，向他辞行：
“坎佩亚多尔——吉日良辰佩上剑的人，
您离开卡斯蒂利亚，到异邦他乡，
愿您吉星高照，财运亨通。

熙德,我吻您的手,请您回来之际,
赠送给我一张美丽的摩尔红皮。”
熙德答应说:“这样做我很乐意,
我一定给您带回一张好皮,
否则,这皮钱就从箱子里扣除。”
　　拉克尔和比达斯扛走箱子,
马丁·安托利纳斯跟随他们去布尔戈斯,
三人谨小慎微地来到了犹太人的住处。
客厅中间铺着一块小小的地毯,
上面还盖着一块白色细布床单,
哗的一声在上面倾倒了三百枚银马克。
马丁·安托利纳斯数了一下,没有称分量就收下,
另外三百马克犹太人用黄金支付给他。
堂马丁带来了五名侍从,金银币就由他们背走。
办完了这些事情,诸位请听他还说些什么:
“堂拉克尔和堂比达斯,箱子已交给你们,
我帮助你们成交了这笔买卖,
总得赏给我几双袜子作为酬金。”

十一

在马丁·安托利纳斯帮助下,熙德有了钱,准备启程。

　　拉克尔和比达斯走到一旁暗暗商议:
“这笔买卖的成交确有他的功绩,

我们是得送他一份厚礼。”
“马丁·安托利纳斯——尊敬的布尔戈斯人，
您确实帮了我们的大忙，
我们愿意赠您一份礼品——
给您三十马克作为酬金，
您可以购买袜子、漂亮的皮衣和披巾。
您完全配得上接受这厚礼一份，
您还应该是我们和熙德这桩交易的担保人。”
堂马丁接受了礼金，并表示了谢忱，
告别犹太人，走出了他们的家门。
他走出布尔戈斯城，又渡过了阿朗逊，
径直朝熙德的帐篷飞奔。
　　吉日良辰出生的人张开双臂表示欢迎：
“您回来了，马丁·安托利纳斯——我忠实的藩臣，
但愿有朝一日我能答谢您一片忠心！”
“我回来了，坎佩亚多尔，给您带来了许多金银，
六百马克是给您的，还给了我三十马克酬金。
请下令拔营，我们立即启程，
到圣彼得-德卡德尼亚修道院天将黎明，
在那儿将见到您的妻子——尊贵的夫人。
要走出王国，还需日夜兼程，
这样做很有必要，因为限期已经临近。”

十二

熙德上马。离开布尔戈斯大教堂

时，对圣母的祭坛许下一千个弥撒的愿。

说完了话，他们便收起了帐篷，
熙德及他的随从都飞速上了坐骑。
熙德掉转马头对着圣母玛利亚，
抬起右手急急把十字画：
“主宰天空和大地的主啊，我衷心感谢你！
愿你保佑我，光荣的圣母玛利亚！
国王已将我流放，我得离开卡斯蒂利亚，
我不知今生还能不能回来探望。
光荣的圣母，愿你保佑我一路平安，
将我扶助，将我拯救，
无论在黑夜还是在白昼！
你真的这样做，加上我好运当头，
我一定对你的祭坛奉献一份精美的供品，
我还向你许下愿，
往后要向你献上一千个弥撒。”

十三

马丁·安托利纳斯回布尔戈斯城。

完美的武士沉痛地辞别圣灵，
踢了踢坐骑，放开缰绳驰骋。
马丁·安托利纳斯对熙德说明：

“我想回去跟妻子辞行，
还得跟家里人安排他们该做的事情，
即使国王剥夺我的家产，我也不感痛心。
拂晓前我一定会赶上你们。”

十四

熙德去圣彼得-德卡德尼亚修道院和他的亲属告别。

马丁·安托利纳斯回到布尔戈斯城。
熙德催马飞奔，
向圣彼得-德卡德尼亚驰骋，
与他偕行的骑士都是他的心腹。
英勇的坎佩亚多尔到达圣彼得，
东方已经出现一丝亮光，
造物主的信徒桑丘——修道院院长，
这时正在进行晨祷。
堂娜·希梅娜由五名贴身侍女陪同，
正在向圣彼得和上帝进行祈祷：
“主宰万物的主啊，请你保佑熙德前程似锦。”

十五

圣彼得-德卡德尼亚修道院的修士们迎接熙德。希梅娜[①] 和她的女儿们来到流放者的面前。

熙德命人叫门,消息不胫而行。
天哪,堂桑丘院长这时多么高兴。
众修士打灯提烛来到天井,
高高兴兴地迎接吉日良辰诞生的人。
修道院院长堂桑丘致辞表示欢迎:
“熙德啊,感谢主的天恩,
让我在这儿见到了尊容,
我一定盛情款待您——吉日良辰佩上剑的人。”
熙德回答说:“感谢您,修道院院长,
见到您我非常高兴,
不过,我和我部下的饭食由我来准备。
我马上就要离开故乡,
留下三十马克供您使用。
我若有幸,能延续自己的生命,
有朝一日定然会加倍奉送。
我不想让修道院为我做出任何牺牲,
这儿有一百马克权充堂娜·希梅娜的费用,

① 即上文的堂娜·希梅娜。“堂娜”的意思是“夫人”。

今年就麻烦您照看她,还有她女儿和侍从。
我留下两个女儿,她们都还是孩童,
桑丘院长,拜托您多加管教,照料,
对我妻子也请多多关照。
如果我留下的这笔款不够开销,
就请您设法加以垫付,
您现在花一个马克,
将来我还四个向修道院把账算清。”
院长高高兴兴地全都答应。
　　堂娜·希梅娜和她的两个女儿来临,
女孩儿都还在侍女们的怀抱中。
堂娜·希梅娜在坎佩亚多尔面前双膝跪地,
吻着他的手,双眼流泪,
“坎佩亚多尔——吉日良辰诞生的人,
你是遭到了恶人的诽谤,造谣中伤,
才被逐出自己的故乡。”

十六

希梅娜哀叹女儿年幼,无依无靠。熙德希望有一天能体体面面地替女儿办婚事。

　　“啊,熙德,我的美髯公!
我和两个女儿都在你面前,
她们都很年幼,还是一对幼童,

她们都在侍女们的怀抱中。
我知道你即将远离此地，
我们俩不得不生生分离。
看在圣母玛利亚的分上，请作赠言，我定将牢记。”
　　美髯公这时伸出双手，
将一对女儿抱在怀里，
让她们紧紧地贴着自己的前胸——
他是多么疼爱她们！
一声长叹，两眼早已泪似泉涌。
“堂娜·希梅娜啊，我的贤妻，
我爱你犹如爱我自己。
我将远行，你却留在此地，
生生分离已昭然若揭。
求主和圣母玛利亚同意，
让我亲自办理女儿的婚事。
愿我此生有幸得到长生，
好回来陪伴你——我忠诚的夫人。”

十七

百余名卡斯蒂利亚人聚集在布尔戈斯，投奔熙德。

　　为坎佩亚多尔准备的午宴十分丰盛，
在圣彼得，响起了洪亮的钟声。
熙德·坎佩亚多尔为什么得离开国境，

早在卡斯蒂利亚有了传闻。
有的人放弃了房屋，也有人舍弃了产业，
从四面八方向熙德投奔。
那天就在阿朗逊河的桥上，
聚集了骑士整整一百十五名。
人人都将熙德·坎佩亚多尔打听，
马丁·安托利纳斯也与他们同行。
他们都奔向圣彼得，
投奔吉日良辰诞生的人。

十八

一百多个卡斯蒂利亚人来到德卡德尼亚，成为熙德的部属。熙德准备翌日晨继续行程。圣彼得修道院内的晨祷。希梅娜的祈祷。熙德告别亲人。对修道院院长的最后嘱托。熙德走上放逐之路；过了杜罗河后，夜幕已拉开。

熙德获悉这么多人前来投奔，
声势壮大，力量陡增，
赶紧上马，急急前去欢迎。
见到了众人，熙德脸露笑容，
众人向他靠近，将他的手吻个不停。
熙德说了话，满怀激情：
“诸位为我舍弃了产业和房子，

我祈求主——精神之父，
在我有生之年能为你们做些好事，
对你们此时遭到的损失，
将来定要加倍补偿。”
午宴上熙德异常高兴，
因为他的随从突然猛增，
与他在一起的所有部下也很兴奋。
　　离境的期限已过去六天整，
须知，仅有三天，没有更多的日子。
国王下令对熙德进行监视，
如果逾期还在境内滞留，
纵然用金银也无法使自己逃走。
白昼已过，夜晚即将来临，
熙德下令让骑士们集中：
“勇士们，请你们静听，
我有话对你们讲明，
请你们听了别伤心。
我随身只带少量金银，
但我一定给你们一人一份。
你们该做些什么，一定要认清，
明晨一听鸡鸣，
便要立即备马，
不要耽误一秒一分。
圣彼得修道院院长将做晨祷，
要给我们做圣三位一体[①] 的弥撒。
做完弥撒，我们就上马动身，

① 三位一体指圣父、圣子和圣灵。

因为限期已近，我们还有遥远的旅程。”
众人坚决依从熙德的命令。
夜晚消遁，黎明来临，
公鸡已开始第二次啼鸣，
众人开始给坐骑准备好鞍镫。
　　急急敲响了晨祷的钟声，
熙德和他妻子匆匆进入教堂，
堂娜·希梅娜跪在祭坛前的石阶上，
祈求万能的天主，
保佑熙德·坎佩亚多尔免遭灾殃。
“光荣的主和父亲，高高在天上，
你创造了天和地，第三天造了海洋，
创造了星星和月亮，又创造了温暖的太阳。
你投胎于圣母玛利亚的腹中，
按照自己的意愿，在伯利恒诞生。
牧人们对你倍加赞扬和称颂，
三位阿拉伯国王对你无比尊敬，
默尔恰、加斯帕尔和巴尔塔撒是他们的大名。
他们献给你薰香、没药和黄金，满怀虔诚。
你救起了落入大海中的约拿；
你从狮子口中救出了但以理；
在罗马，你拯救了圣塞巴斯蒂安；
你又救助了圣苏萨那，使他免遭虚假的冤案。
精神的主宰啊，你来尘世三十二年整，
创造了那么多奇迹，我们永志难忘。
你用水制成酒，做面包用的是石头，
按照你的意志，你让拉撒路复苏。
在髑髅山你被犹太人逮捕，

在各各他，将你用十字架钉住，
还在两旁钉了两名盗贼。
他们中一人进了天堂，另一人没有能这样做。
钉在十字架上，你还创造了奇迹：
隆仁本是盲人，从未见到光明，
他在你胁部猛刺一枪，
刺得你鲜血直淌；
血从枪杆往下流，
浸透了他的双手。
他举起双手，举到自己的面前，
张开眼睛，四面观望，
已能将事物看清。
他立即信服了你，
终于治好了他的眼疾。
你从坟墓中复苏，
按自己的意愿到了地狱；
你砸开了地狱门，
救出了许多圣徒和先知。
你是王中之王，万物之父，
我衷心对你崇拜、信服。
我还祈求圣彼得帮助我，
恳求主保佑熙德·坎佩亚多尔免遭灾祸；
今日我们各分东西，
但愿在有生之年我们还能团聚一起。”
　　做完祷告，又做了弥撒，
众人便走出教堂，准备出发。
熙德过去拥抱堂娜·希梅娜，
她亲吻着熙德的手，

手足无措,哭得泪流如雨。
熙德回过头来,看着两个女儿,
“主啊,我精神上的父亲,
我将她们托付给你!
今日我们分离,不知哪一天还能团聚。”
说完泪似泉涌,从未见到他这么悲痛,
一家人就像指甲和指头彼此分开。
　　熙德和他的随从已骑在马上,
他看着众人一个个朝前奔驰,
自己禁不住回头观望。
这时,米纳雅·阿尔瓦尔·发涅斯说了话:
“熙德——吉日良辰诞生的人,
你的勇气到哪儿去了?
我们赶快上路,快把这一切放下,
今日悲痛将来定会变成幸福,
主给了我们灵魂,定会给我们帮助。”
　　人们再次对堂桑丘院长进行叮嘱,
请他对堂娜·希梅娜和女孩们多多照顾,
还请他关心她们的那些女仆。
他们告诉院长,这一切定会得到厚偿。
阿尔瓦尔·发涅斯对堂桑丘言讲:
“院长,您如见到有人投奔我们,
请告诉他们,循着我们的脚印前进,
无论在荒野还是城中,一定能赶上我们。”
　　他们松开缰绳,开始飞奔,
因为离境的时日已经临近。
熙德一行来到埃斯比纳索·德冈休息,
当晚又有许多人前来投奔,

次日凌晨再次开始朝前驰骋。
396 忠诚的坎佩亚多尔即将走出自己的国土，
他已走在名城圣埃斯特万的左部，
他的右边便是摩尔人的阿依约城堡。
399 他经过阿尔库比利亚——卡斯蒂利亚王国的边城，
400 又穿过吉纳亚的大路，
从纳瓦德帕洛斯渡过杜罗河，
夜间就在依格露埃拉住宿。
从四面八方又有许多人投奔熙德。

十九

熙德在卡斯蒂利亚度过最后一个夜晚。天使安慰这个流放的人。

夜幕拉开，熙德躺下入睡，
405 睡得深沉，做了一个好梦。
大天使加百列前来见他：
“熙德·坎佩亚多尔，上马吧，
从来没有勇士在这样吉日良辰上过马，
你只要活着，将来一定会逢凶化吉，交上好运。”
410 熙德醒来，就在胸口画了十字。

二十

熙德在卡斯蒂利亚的边境安营。

画过十字,熙德将命运托付给上帝,
他很高兴,因为刚才做了个好梦。
次日天明,他们又继续登程。
诸位已知,这是期限的最后一天,
415 他们准备在米耶德斯山[1] 度过夜晚。

二十一

熙德清点人数。

416 太阳西下,霞光满天。
熙德·坎佩亚多尔下令将人数清点:
步行的士兵不算,
带旗举矛的有三百人。

① 位于卡斯蒂利亚边境,杜罗河和塔霍河之间。

二十二

熙德进入托莱多摩尔王国，它是阿方索国王的藩国。

“尽早给牲口喂大麦，主就会将你拯救！
想吃饭的就吃，不想吃的赶快走。
前面就是崇山峻岭，
我们即将离开阿方索国王的国境，
往后谁来找寻，也难觅我们踪影。”①
他们在夜晚走上山顶，
越过山脊已是黎明，
就在一座奇异而广大的密林，
熙德下令喂马，扎营，
他告知众人，夜间还须行军。
众人都是熙德的好部下，
长官的命令，个个坚决执行。
傍晚时分，他们又继续前进，
这是熙德的决定，免得让人发现行踪，
整整走了一夜，中间一刻不停。
在卡斯特洪，就在埃纳雷斯河畔，
熙德准备打一场伏击战。

① 根据上下文，这段话应该是熙德说的。

二十三

伏击战计划。卡斯特洪遭袭击后，落到熙德手中。先头部队进攻阿尔卡拉。

熙德的人埋伏了整整一夜，
这是阿尔瓦尔·发涅斯·米纳雅[1] 的主意：
“熙德——吉日良辰佩上剑的人啊，
由于我们即将袭击卡斯特洪，
你可率领一百名随从，
留在这儿作为我们的援兵；
请拨给我两百人去冲锋陷阵。
上帝保佑，加上我们的好运气，
我们一定能大获全胜。”
坎佩亚多尔答言：“米纳雅，你说得很中肯。
您带两百人去打先锋，
同去还有阿瓦尔·阿瓦莱斯和阿瓦尔·萨尔瓦多莱斯，
他们都是无可指摘的勇士。
还有加林多·加西亚，他也是员猛将。
我希望这些猛士跟米纳雅出征，
别畏首畏尾，定要勇敢奋进。
从依塔下去，经过瓜达拉哈拉，

① 上文是米纳雅·阿尔瓦尔·发涅斯。

先头部队直捣阿尔卡拉①。
一定要赢得这一仗的胜利，
别因害怕摩尔人而失去战机。
我率领一百人做后卫，
埋伏在卡斯特洪，不让人发现。
如果先头部队发现什么险情，
请立即派人向后卫部队报信，
我立即发来援军，
全西班牙都将谈论这件事情。”
　　随后将打先锋的人一一点名指定，
跟熙德做后卫的人也点了名。
晨曦微露，黎明已经来临，
太阳升起，主啊，真是好天气。
卡斯特洪的人们已起身，
各自打开家门，
上地里看庄稼，到田间耕耘。
人们都离开了家，敞开着大门，
整个卡斯特洪只留有少数几个人，
出门的人也都东走西散不成群。
　　坎佩亚多尔乘机离开伏击地，
扑向卡斯特洪，将它紧紧围困。
他们俘获了不少摩尔男女，
还在城郊捉到了许多畜禽。
熙德·堂罗德里戈② 扑向城门，
守门人见对方攻势太猛，

① 依塔、瓜达拉哈拉和阿尔卡拉均系埃纳雷斯河边的城镇。
② 即熙德·鲁伊·地亚斯。

惊慌失措丢下城门逃命。
熙德·鲁伊·地亚斯长驱直进，
手中出鞘的剑已鲜血淋淋，
他杀死了遇到的十五个摩尔人，
夺取了卡斯特洪城，得到不少金银。
他的部下也获得许多战利品，
但全都交给熙德，不留毫分。
先头部队二百人，加上后卫共三百名，
他们跑遍全城，将财富掠夺尽。
米纳雅的旗帜，已插到阿尔卡拉，
他们经过埃纳雷斯和瓜达拉哈拉，
带着战利品班师回营。
他们缴获甚丰，牛羊成群，
还有服装和其他宝贵的物品。
米纳雅的大旗高傲地举起，
谁也不敢从他们背后进行袭击。
派出去的人全都满载而归，
回到了坎佩亚多尔所在的卡斯特洪。
命人守卫好城堡，坎佩亚多尔上了马，
带着卫队出去迎接英雄，
他张开双臂对米纳雅表示欢迎：
“您回来了，阿尔瓦尔·发涅斯，最英勇无敌的人！
不论将您派往何地，我都满怀信心。
米纳雅，如果您愿意，
我们将战利品集中在一起，
我要把全部缴获的五分之一奖给您。”

二十四

米纳雅没有接受任何战利品，还庄严地起了誓。

“大名鼎鼎的坎佩亚多尔，我异常感激您，
这五分之一的战利品，
让卡斯蒂利亚国王阿方索得到定会很高兴。
我将它全都还给您，就算已经给了我，
我要向天上的上帝起誓保证：
我决不居功自傲，
我要骑上骏马，挺枪握剑，
和摩尔人血战疆场，
让鲜血洒遍大地；
眼下在杰出的斗士鲁伊·地亚斯那里，
我绝对不会分外获取一分一厘。
将来您若为我赢得值钱的东西，
我可以接受自己的一份，其余全给您本人。”

二十五

熙德将那五分之一的战利品出售给摩尔人。他不愿与国王阿方索交战。

　　集中了全部战利品，
熙德——吉日良辰佩上剑的人思忖：
阿方索国王定会派兵攻打他们，
他的大军随时可能来临。
他下令分发战利品，一无所剩，
分到的人做了登记，表示已得一份。
他的骑士们个个获益甚丰，
每个人分到了一百马克金银，
士兵们得到了此数的一半，
战利品的五分之一全给熙德，
他却无法将它们在当地卖出或送人，
他也不想携男女俘虏同行。
他同卡斯特洪人商议，
派人去依塔和瓜达拉哈拉打听，
出多少钱愿买他五分之一的战利品，
尽管买主们盈利十分丰盛，熙德也会答应。
摩尔人的估价是三千银马克，
对这个价格熙德感到高兴，
第三天买主便交付了这笔现金。
　　熙德考虑他和自己的全体随从，
不能在那座城堡久停，
因为他们虽能固守，却没有水可饮。
“摩尔人已签了降书，跟他们能保持和平，
可是阿方索国王定会派兵寻找我们；
米纳雅和我的部下们听令，
我们立即离开卡斯特洪！”

二十六

熙德朝属于巴伦西亚摩尔国王的萨拉戈萨的土地进发。

“请别误解我刚才一番话的含意，
卡斯特洪绝不是我们久留之地；
阿方索国王的军队就在附近，
他们随时会来寻找我们。
不过，我不想将这城堡夷平，
这两百名摩尔男女我也要将他们放生，
免得他们因当了俘虏而对我发出怨声。
对诸位的饷银我已全部付清，
明天拂晓时分我们就上马动身，
对我的主上阿方索国王我不想发动战争。”
熙德的话众人听了都很高兴，
离开占领的城堡时他们已不贫困，
摩尔的男女们都对他祝福，表示谢忱。
　　熙德的人全速穿过埃纳雷斯，
越过阿尔卡里亚斯[1] 继续前进；
他们穿越了安吉塔山洞，
渡过塔夫涅河进入塔朗斯田野，
在这块土地上他们全速行军，

① 在瓜达拉哈拉省，是该省的高原地区。

在阿里萨和塞蒂纳的中间,熙德停下宿营。
一路行来,熙德都缴获了许多战利品,
摩尔人却摸不透他们的行踪。
翌日熙德又开始行程,
走过阿拉马,走下奥斯山,
穿越布比埃卡,到了附近的阿特卡。
到达阿尔科塞尔① 附近,熙德决定安营,
帐篷搭在一座圆形的山丘上,
哈隆河就在山脚下,他们不会缺水,
熙德·罗德里戈打算攻占阿尔科塞尔。

二十七

熙德在阿尔科塞尔附近安营。

山丘上迅速地搭起了帐篷,
有一部分搭在山坡上,有一部分在河边。
坎佩亚多尔——吉日良辰佩上剑的人,
给手下人下了一道命令:
在山丘四周,靠近河边挖一条壕沟,
这样就不怕敌人进攻,无论在黑夜还是白昼,
还让他们以为,他将在那里久留。

① 阿拉马、奥斯山、布比埃卡和阿尔科塞尔均在哈隆河畔。

二十八

摩尔人的恐惧。

熙德被赶出基督徒的土地，
与摩尔人生活在一起，
并打算在阿尔科塞尔久居。
这消息很快传遍各地，
吓得摩尔人都不敢下地耕耘，
这使熙德和他的部下感到兴奋，
因为阿尔科塞尔会很快向他们进贡。

二十九

坎佩亚多尔智取阿尔科塞尔。

阿尔科塞尔人已向熙德进贡，
阿特卡和特雷尔人也将贡品送，
这使卡拉塔尤德[1] 人很不高兴。
在那儿熙德休整了十五周整，
阿尔科塞尔人不肯投降，熙德已看清，

① 阿特卡、特雷尔和卡拉塔尤德都是阿尔科塞尔附近的城镇。

他立即心生一计：
他下令只留一个帐篷，其余全都收起，
将士们全身披挂，腰中佩着利刃，
举着旌旗，大队人马朝哈隆河下游前进。
熙德略施小计，让敌人落入了陷阱，
阿尔科塞尔人见此情形，欢喜万分：
"熙德的粮草一定早已耗尽，
匆匆离去，竟还留下一个帐篷；
看样子活像一支败军，
此时向他进攻，定能大获全胜。
稍一迟缓，特雷尔人就会捷足先登；
熙德若被他们捉住，我们便一无所获。
他向我们收过贡品，这次得加倍还清。"
于是，阿尔科塞尔人便全速出城，
熙德一见，便佯装逃遁的溃兵。
　　他朝哈隆河下游飞奔，队伍一蹶不振。
阿尔科塞尔人无比兴奋：
"快追上，别让跑了'战利品'！"
大人小孩均冲出家门，
一心一意只想得到点战利品，
大门敞开，家家空无一人。
机智的坎佩亚多尔回首观望，
见阿尔科塞尔人已远离城堡，
他迅即命令掉转队旗，使劲踢一踢坐骑：
"将士们，别害怕，杀呀！
愿上帝保佑，胜利一定属于我们！"
双方在平原上混战一场，
天哪，那天上午他们杀得多么痛快！

熙德和阿尔瓦尔·发涅斯催马向前，
他们已将摩尔人与城堡的联系切断，
熙德的人狠狠打击敌人，毫不手软。
转眼间他们就杀死了三百摩尔人。
这时，埋伏的人[①] 呐喊一声，
冲到队伍前面，朝城堡飞奔，
手握利剑，把守着城门，
其余的人也陆续到来，战斗大获全胜，
熙德便用这计谋征服了阿尔科塞尔城。

三十

熙德的军旗在阿尔科塞尔上空飘扬。

佩德罗·贝尔穆德斯举着军旗来临，
他将大旗插在城堡顶，
熙德·鲁伊·地亚斯——吉日良辰诞生的人说：
“感谢你，天主，感谢各位圣徒，
我们的人马将会有好的住处。”

① 这儿交代不够清楚。熙德撤离时，并没有设伏兵。

三十一

熙德对摩尔人的宽容。

“阿尔瓦尔·发涅斯和众将士听令，
我们夺取了这座城，得到许多战利品，
摩尔人伤亡惨重，剩不了几个活人。
对那些幸存的摩尔人，我们不能卖掉他们，
砍了他们脑袋，对我们也没有用，
让他们留在城里，我们当他们的主人，
我们住在他们家里，让他们侍奉。”

三十二

巴伦西亚国王试图收复阿尔科塞尔。他派了一支军队向熙德发起进攻。

熙德这一仗打赢，在阿尔科塞尔休整，
他派人取回了留在山丘上的那顶帐篷。
见此情景，阿特卡和特雷尔人非常郁闷，
卡拉塔尤德人也不高兴。
他们为此给国王写信：
“有个叫熙德·鲁伊·地亚斯的人，

失去阿方索的宠信，被赶出国门，
他在阿尔科塞尔安营，阵地坚不可摧。
他已发起一次进攻，城堡落入他的手中。
陛下如不发来援军，
就会永远失去阿特卡和特雷尔，
还会使卡拉塔尤德失去，
最后连陛下自己也将危及。
哈隆河沿岸的形势都不妙，
希洛卡[①] 那边的情景也好不了。”
　　塔明国王看了信，心里很不高兴。
他下令：“我这儿有三个摩尔首领，
请其中两位立即前去出征，
带领全副武装的三千摩尔兵丁，
边境的居民还会对你们进行支援。
我希望将那个人活捉生擒，带来见我，
他侵犯我的疆土，我要让他付出代价。”
　　三千摩尔人上马启程，
在塞戈尔维[②] 宿了营，
次日晨再次上路，
到塞利亚[③] 又过了一晚。
首领派人面见了边境上的摩尔人，
人人赴约，个个奋勇上阵。
随后，离开了运河边上的塞利亚，
又马不停蹄奔走了一日一夜，

① 哈隆河的支流。
② 卡斯特利翁省南部一城市。
③ 特鲁埃尔省一城镇。

到卡拉塔尤德才休息安寨。
“报子”① 们四处传布命令，
参战的人越来越多，
在发利斯和卡尔维两首领指挥下，
大军准备在阿尔科塞尔将熙德围困。

三十三

发利斯和卡尔维在阿尔科塞尔将熙德包围。

摩尔人搭帐篷安营，
参战人很多，力量大增，
他们在旷野里布满哨兵，
流动哨日夜巡逻不停。
主力部队已开始行动，
他们开始切断熙德的水源，
鲁伊·地亚斯的卫队主动要求出战，
吉日良辰诞生的人坚决禁止这么干，
他们让敌人包围了整整三星期。

① 指口头发布消息、传达命令的人。

三十四

熙德对他的部下进行劝告。秘密地进行准备。熙德和发利斯、卡尔维进行决战。佩德罗·贝尔穆德斯奋勇向前杀敌。

三周已经过去,第四个星期来临,
熙德召见了他的手下人:
“他们断了我们的水源,粮食也即将耗尽,
我们又无法夜间脱身;
敌人人多势众,迫使我们决一雌雄。
将士们,告诉我该怎么办才行。”
首先说话的是优秀骑士米纳雅:
“我们来自美丽的卡斯蒂利亚,
不同摩尔人交战,我们就会断粮。
眼下我们有将士六百余名,
除了以造物主的名义主动出击,
我们已无选择的余地。
明日立即出战,不要迟疑。”
坎佩亚多尔说:“你的话正合我意,
也为你赢得了荣誉。”
他下令将摩尔男女全都赶出营地,
为的是不往外泄露机密。
那一天白日黑夜他们都在准备。

次日黎明,朝阳初升,
熙德全身披挂,周围簇拥着众多随从,
坎佩亚多尔传出下面的将令:
“除两名守门的士兵,我们全冲出去,不留一人在城。
如果我们战死疆场,他们就会占领城池,
假如我们赢了他们,我们的财富就会大增。
佩德罗·贝尔穆德斯,您扛着我的帅旗。
您为人忠诚,定能将它高高举起;
只是没有我的将令,您别擅自前进。”
贝尔穆德斯吻了吻熙德的手,
立即接过了大旗。
有人打开了城门,众人立即出城。
摩尔哨兵见了,飞奔回营报告军情。
转瞬间摩尔人便披挂停当。
战鼓隆隆,大地都在晃动。
摩尔人手执武器,队伍十分整齐,
军中有两面帅旗,
至于小旗,谁也难以数清。
摩尔人的队伍已渐次向前推进,
以便向熙德的军队发起进攻。
　　“卫队士兵们,保持安静,原地待命!
没有我的命令,谁也别动!”
佩德罗·贝尔穆德斯难以左右自己,
他手举大旗,脚踢坐骑:
“忠诚的坎佩亚多尔,上帝保佑您!
我要将大旗插到敌人集中地,
请护旗的人助我一臂之力。”
坎佩亚多尔对他说道:

“看在上帝的分上,请别这样干!”
佩德罗·贝尔穆德斯说:“不这样干不行!”
说完,猛一踢马,冲入敌阵。
摩尔人早已严阵以待,想夺下他的大旗。
他们对他猛砍猛刺,想刺穿他的甲胄。
坎佩亚多尔见了,说:“快去救助他,他已处于险地。”

三十五

熙德的人为了救出佩德罗·贝尔穆德斯,发起进攻。

众人一手持盾护胸,
一手握插上小旗的长枪,
身子在马鞍架上前倾,
以大无畏的精神扑向敌人。
吉日良辰诞生的人大声地鼓舞他们:
“以主的名义,骑士们,猛打猛冲,
鲁伊·地亚斯——熙德·坎佩亚多尔就是本人①!”
众人一齐向佩德罗·贝尔穆德斯被围处猛冲,
插上小旗的长枪共有三百根,
一枪一个,挑死了摩尔人三百名,
回来时,又杀死了三百人。

① 战场上主将常报出自己的名字,以鼓舞士气。

三十六

击溃敌军主力。

人们只见到刀枪在上下飞舞，
许多面盾牌被刺穿，
许多件铠甲被撕烂，
许多面白旗被血染红，
许多匹无主的骏马在狂奔，
摩尔人高呼："穆罕默德！"
基督徒高呼："圣雅各[①]！"
就在战场上一块小小的地方，
摩尔人就有一千三百人死亡。

三十七

评讲一下主要的基督徒骑士。

熙德·鲁伊·地亚斯，是个好武士，
骑在金质的马鞍上，勇猛非凡；
米纳雅·阿尔瓦尔·发涅斯，

① 耶稣十二门徒之一，为西班牙的守护神。

曾经在苏里塔当过将士；
马丁·安托利纳斯是布尔戈斯人，
为人一片忠诚；
穆尼奥·古斯蒂奥斯是熙德的家丁；
马丁·穆尼奥斯曾在蒙特马约尔发号施令；
还有阿瓦尔·阿瓦莱斯和阿瓦尔·萨尔瓦多莱斯；
加林多·加西亚，他是善良的阿拉贡人；
费莱斯·穆涅斯是坎佩亚多尔的侄子。
所有这些将士都团结在一起，
效力于熙德·坎佩亚多尔和他的帅旗。

三十八

米纳雅遇险。熙德砍伤发利斯。

　　米纳雅·阿尔瓦尔·发涅斯的马被杀死，
基督徒的卫队立即将他救起。
米纳雅的长枪折断，立即拔出佩剑，
虽是步战，杀伤力还很强。
熙德·鲁伊·地亚斯见这情景，
立即向一名骑良驹的敌将靠近；
右手猛一挥剑，
将那敌将齐腰斩为两段。
熙德将那匹骏马给了米纳雅：
“快骑上，米纳雅，您是我的左右手，
我需要您的帮助。

摩尔人还在顽抗，不肯逃离战场，
我们正从正面进行攻打。”
米纳雅手执利剑，一跃上马，
再次对摩尔人一阵猛砍，
谁碰到他的利刃便皮开肉绽，
熙德·鲁伊·地亚斯——吉日良辰诞生的人，
向摩尔首领发利斯连砍三剑，
前两次未中，第三次砍伤了他，
鲜血在甲胄内淌下。
发利斯立即掉转马头逃出战场，
熙德这一剑便将敌军打败。

三十九

卡尔维受伤，摩尔人溃败。

马丁·安托利纳斯一剑砍向卡尔维，
将他头盔上的几粒红宝石击落在地，
利剑砍穿头盔，嵌进肉里，
摩尔人已不敢再挨第二剑。
发利斯和卡尔维双双被打败，
对基督徒来说，这是多美好的日子！
摩尔人四散奔逃，
熙德的人紧追不舍。
发利斯逃进了特雷尔，
但特雷尔人却不容卡尔维，

他只好急急奔向卡拉塔尤德。
坎佩亚多尔对他紧追不舍，
一直追到了卡拉塔尤德。

四十

米纳雅见到自己的心愿已实现。战利品。熙德为国王准备了一份礼品。

米纳雅·阿尔瓦尔·发涅斯有了骏马，
这次斩杀了三十四个摩尔人，
他的佩剑十分锋利，
手臂溅满了斑斑血迹，
鲜血顺肘部流个不息。
米纳雅说：“现在我很高兴，
熙德在战场上得胜，
这好消息定会向卡斯蒂利亚传送。”
许多摩尔人丧生，只有少数人保住生命，
溃逃的也几乎全部被追上生擒。
吉日良辰诞生的人的卫队已经回营，
熙德骑着高头大马，
戴着头盔，好漂亮的大胡子！
衬帽[1] 掀在背后，手中紧握佩剑，
目不转睛地瞧着手下人朝自己靠近。

① 戴头盔用。

“感谢你,高居天庭的上帝,
我们取得了巨大的胜利。”
　　熙德的人立即搜索敌营,
缴获了盾牌、武器和大批金银;
还从摩尔人手中,
夺得五百一十匹骏马良驹。
众人情绪高昂,兴高采烈,
发现自己人只损失十五名,
缴获的金银数也数不清。
有了战场上得到的这笔财富,
基督徒们个个都变成了有钱人。
熙德让摩尔人回到自己的城堡,
还给他们每个人有所馈赠。
熙德和他的随从欣喜万分,
下令在将士中分发许多金银。
熙德本人得到五分之一的战利品,
光马就有一百匹整。
主啊,他对部下分配财物多么公平!
无论是士兵还是军官人各一份。
吉日良辰诞生的人安排得有条不紊,
对每个跟从他的人都酬以重金。
　　“米纳雅,你是我的重臣,
这是上帝赐给我们的全部金银,
您可以随意取用,拿多少都成。
我想派您去卡斯蒂利亚送信,
通报我们在战斗中获胜;
拜见流放我的国王阿方索,
我想奉送他三十匹骏马,

每匹马都配好马鞍和缰绳，
马鞍边上还挂着利剑一柄。”
米纳雅·阿尔瓦尔·发涅斯答言：
“这使命我乐意完成。”

四十一

熙德向布尔戈斯教堂还愿。

“这是一只高筒马靴，
里面满满地装了黄金和白银[1]：
请您去布尔戈斯圣玛利亚教堂，
还掉做一千个弥撒的愿。
余钱请交给我妻子和女儿，
请她们日夜为我祈祷上帝，
只要我活在世上，她们定成富有的女人。”

四十二

米纳雅动身去卡斯蒂利亚。

米纳雅·阿尔瓦尔·发涅斯十分兴奋，

① 古时西班牙人常将靴子作口袋用，里面装一些日常用品。

还对与自己同行的人做了指定；
赶紧给马喂料，因为天已近黄昏，
熙德等人又对他做了一番叮咛。

四十三

辞行。

“我忠诚的米纳雅，您即将去卡斯蒂利亚，
您对所有的朋友都可以道出真情，
感谢上帝，我们在战场上已获胜；
回来时您还会在这儿见到我们，
我们不在时，您可以跟人打听。
有了长枪和利刃，我们定能生存；
否则，就得饿死在这贫瘠的土地上，
看来这儿不是我们久留之地。”

四十四

熙德将阿尔科塞尔出售给摩尔人。

一切已准备就绪，米纳雅清晨出发，
坎佩亚多尔和他的随从留在原地。
这儿的土地少，且又十分贫瘠，

边境上的摩尔人和其他异族人，
都在窥视着熙德的行踪。
首领发利斯已伤愈，
有人劝他别再用兵。
于是，阿特卡和特雷尔人，
还有更富有的卡拉塔尤德居民，
都和熙德进行协商，签署一个协定，
熙德以三千银马克将阿尔科塞尔卖给他们。

四十五

出售阿尔科塞尔(重复)[①]。

熙德·鲁伊·地亚斯将阿尔科塞尔卖掉，
对自己的部属们均给以厚报，
无论是将官还是士兵都成了富人，
他们中间一个穷人也找不到。
谁侍候了好主人，一辈子日子都过得好。

① 《熙德之歌》属游唱诗，游唱歌手常在街头广场、酒肆、旅店吟唱。吟唱者或为了吸引观众的注意力，或为了加强某些段落的语气，常常重复。

四十六

离开阿尔科塞尔。吉兆。熙德在蒙雷亚尔的波约[①] 安营。

摩尔人见熙德行将离城，
男男女女都十分伤心：
“您要走，熙德？让我们的祈祷跟您伴行，
主人，我们对您的恩德感激万分。”
当熙德行将离开阿尔科塞尔城时，
摩尔的老百姓都泪湿衣襟。
坎佩亚多尔的大旗高高举起，
沿着哈隆河下游刺马飞奔，
渡过哈隆河时，鸟儿给熙德报了喜讯。
特雷尔和卡拉塔尤德人感到高兴，
阿尔科塞尔人却感到伤心，
因为熙德曾对他们施厚恩。
熙德的人马继续前进，
到波约宿营——那是在蒙雷亚尔山顶。
波约高耸，崇山峻岭，
在那儿安营，不必怕敌人进攻。
熙德先征服了达罗卡城，
又让另一边的莫利纳人俯首称臣，

① 蒙雷亚尔是萨拉戈萨省一城市；波约是距蒙雷亚尔约10公里的山城。

紧接着又向特鲁埃尔发起进攻，
最后将这河边的塞利亚[1] 夺到手中。

四十七

米纳雅拜谒国王。国王原谅了米纳雅，但对熙德仍不宽恕。

愿主给熙德·鲁伊·地亚斯赐福！
阿尔瓦尔·发涅斯·米纳雅到了卡斯蒂利亚，
将三十匹骏马献给国王。
国王见了大喜，脸露笑容：
“米纳雅，愿主保佑您，这礼品是谁所送？”
“是熙德·鲁伊·地亚斯——吉日良辰佩上剑的人。
陛下将他流放，他用计征服阿尔科塞尔城，
消息传到巴伦西亚国王耳中，
他派兵包围熙德，又断了水源，
熙德冲出城堡，与摩尔人决一死战。
鏖战中熙德战胜了两个摩尔首领，
主公啊，他缴获了许许多多战利品。
他将这礼品献给陛下，
并亲吻您的手和脚，
愿您看在上帝的分上，对他开恩。”
国王答言：“失去国王恩宠，流放出境的人，

① 达罗卡、莫利纳、特鲁埃尔和塞利亚均系距波约 30 公里到 50 公里的小城镇。

才过去几个星期就得到赦免，
时间上未免过于仓促。
然而，这礼物我且收下，
因为它从摩尔人那儿缴获，
又是熙德亲手得到的战利品，
我内心更加欢迎。
尽管这样，米纳雅，对您我已宽恕，
归还您的土地，恢复您的名誉，
您已得到我的允许，可以来来去去。
不过，对熙德·坎佩亚多尔，
眼下我还不能说些什么。”

四十八

国王允许卡斯蒂利亚人去投奔熙德。

“阿尔瓦尔·发涅斯，我还有话告诉您，
国内有些勇敢、善良的人，
他们想去投奔熙德，助他一臂之力，
我让他们自由离去，不没收他们的财产。”
米纳雅·阿尔瓦尔·发涅斯吻了吻国王的手：
“感谢您，主公，对您深表谢意。
您今天有这恩赐，今后定会给我们更多的赏赐。
靠主的帮助，通过我们的努力，这一切定能实现。”
国王说道：“米纳雅，这件事我们暂时不谈，

您可以自由地走遍卡斯蒂利亚，
您可以去见熙德，用不着害怕。”

四十九

熙德从波约远征。米纳雅带领两百名卡斯蒂利亚人来投奔熙德。

现在我跟诸位谈谈吉日良辰诞生的人：
他已在波约山顶安下营，
往后无论是摩尔人还是基督徒，
在他们的书上均以“熙德的波约”相称。
以那儿为基地，熙德发起多次远征，
使马丁河谷全都俯首称臣。
这消息一直传到了萨拉戈萨，
摩尔人听了，感到无比忧伤，
熙德在那儿度过了十五周时间。
当熙德发现米纳雅不能按期返回，
他和手下人乘夜色全部离开。
他抛下了那儿的一切，离开波约，
经过特鲁埃尔，
到特瓦尔的松树下才安营。
沿途他抢夺了许多财富，
还让萨拉戈萨缴纳了贡赋。
做完了这些事情，又过去了三周整，
米纳雅已从卡斯蒂利亚来到。

他带来两百名腰佩利剑的人，
至于一般士兵，多得数也数不清。
熙德见米纳雅向自己走近，
飞马前去拥抱他表示欢迎，
吻他的嘴还吻他的眼睛，
米纳雅将事情经过一一禀明。
坎佩亚多尔脸上笑吟吟：
“感谢上帝，感谢圣徒们，
只要您活着，米纳雅，我的事业就会兴盛。”

五十

流放者听到来自卡斯蒂利亚的消息感到欣慰。

主啊，全军闻讯，上下一片欢欣，
这是米纳雅带来的喜信，
他带来了兄弟和表亲们的问候，
也告诉他们在卡斯蒂利亚的朋友们的情景。

五十一

熙德的喜悦。

主啊，美髯公该有多高兴！
因为米纳雅已还了一千个弥撒的愿，
还带来了他妻儿的音讯。
熙德多么欢愉，多么兴奋！
“阿尔瓦尔·发涅斯，愿您健康长寿，
您出色地完成了使命，真是个能人！”

五十二

熙德袭击阿尔卡尼斯[①]。

熙德——吉日良辰诞生的人没有停顿，
他挑选了两百名良将精兵，
利用夜色发起了进攻。
他们越过阿尔卡尼斯的荒凉土地，
一路上见到什么全都占为己有，
第三天又回到原来的驻地[②]。

五十三

摩尔人的教训。

① 特鲁埃尔省东北部一城市。
② 这儿指原来的宿营地波约。

　　消息不胫而走,传遍各处,
蒙松和韦斯卡[①]人感到惊恐,
萨拉戈萨人却感到欣慰,
因为他们已对熙德进贡,
不再担心他会伤害他们。

五十四

　　熙德离开波约。袭击巴塞罗那伯爵的领地。

　　熙德的将士满载而归,回到营地,
缴获了这么多东西,人人欢喜,
熙德高兴,米纳雅也十分满意。
坎佩亚多尔抑止不住内心的喜悦,说话笑嘻嘻:
“将士们,我有话对你们讲明,
谁要老是待在原地,准会陷入贫困。
明天我们全体上马,
离开这儿的营地,朝前飞奔。”
　　熙德移师奥洛考港,
从那儿向韦萨和蒙塔尔万发起攻击,
这次袭击前后历时十天光景。
消息迅速传遍了各地:

① 韦斯卡省的省会,蒙松是韦斯卡西南一城镇。

说卡斯蒂利亚的流放者将人们搅得不安宁。

五十五

巴塞罗那伯爵的威胁。

消息传向全国各地，
也传到巴塞罗那伯爵那里，
说熙德在袭击、掠夺他的领地，
伯爵认为这是对他的凌辱，非常生气。

五十六

熙德试图安抚伯爵，但没有成功。

伯爵好说大话，腔调盛气凌人：
“熙德实在欺我太甚，
居然欺侮到了我的府门；
他打伤了我的侄子，却从不表示歉意，
眼下他又袭击了我的领地。
我从未向他挑衅，也没有和他断绝友谊，
他却找上门来，我一定要追根究底。”
伯爵迅速集结了军队，
有摩尔人，有基督徒，人多势众，

他们立即出发,追击熙德的人。
通过三天两夜的急行军,
与熙德军相遇于特瓦尔的松林中。
他们来势汹汹,满以为能将熙德生擒。
熙德·堂罗德里戈携带大批金银,
正从山上下来,进入谷地,
便知堂拉蒙伯爵的大军已经压境。
熙德闻讯,立即带去一个口信:
"请告诉伯爵,我此行没有恶意,
我没有带走他任何东西,请他放行。"
伯爵回答:"他这话不符真情,
旧账新账他一定得算清。
要让这流放人明白,
他究竟凌辱了什么人。"
送信人马不停蹄又向熙德传回伯爵的回音,
此时坎佩亚多尔终于认清,
他不出击,便将被逐出那块土地。

五十七

熙德对他的部下讲话。

"将士们,快将财物暂放一旁,
披坚执锐,立即整装,
堂拉蒙伯爵要同我们大打一场。
他带来了众多的基督徒和摩尔兵,

我们不出击,他们就不让我们安宁。
他们既已追到此地,我们就在这里死拼,
快快勒紧马肚带,全身披挂停当。
他们从山上下来,脚上只穿长筒袜①,
他们的马鞍很松,马肚带也勒不紧;
我们的马鞍是加利西亚的,长袜外又穿了马靴;
只用一百名将士,我们就能将这支队伍打败。
趁他们到达平原之前,我们可以用长枪前去迎敌。
你只杀伤一人,便会有三只马鞍空着没人骑②。
拉蒙·贝莱格尔就要见到他追赶的是什么人,
今天他是想在特瓦尔夺走我的战利品。"

五十八

熙德获胜,夺到"科拉达"剑。

熙德讲完了话,众人已全身披挂,
手执武器,飞身上了马,
见加泰罗尼亚人已走下山坡,
到了山脚,便是一片大平原。
熙德——吉日良辰诞生的人下令进攻,
将士们听了,顿时精神大振,
挥动战旗,长枪舞得神出鬼没,

① 堂拉蒙的军队是加泰罗尼亚人,骑兵只穿长袜,不穿靴子。
② 因加泰罗尼亚人的马鞍很松,骑士很容易从马上摔下。

一些敌人被刺伤，另一些人落了马，
吉日良辰诞生的人赢得了胜利，
俘虏了堂拉蒙伯爵，
还将价值一千马克的“科拉达”剑夺到手中。

五十九

被俘的巴塞罗那伯爵想绝食而死。

熙德赢得了胜利，美髯公声名大振，
把被俘的伯爵带进兵营，
命自己的心腹对他好生看管。
随后熙德走出了帐篷，
跟手下人聚集在一起。
熙德非常兴奋，因为赢得了许多战利品。
给熙德·堂罗德里戈准备的筵席十分丰盛，
但对堂拉蒙伯爵来说已毫无意义，
尽管在他面前摆满佳肴美味，
他既不想吃，连看也不看一眼。
“就是摆上了全西班牙的美食我也不尝一口，
被这些穿破衣烂衫的人打败，
我宁可结束自己的生命！”

六十

熙德答应释放伯爵。

诸位请听熙德·鲁伊·地亚斯说些什么。
“吃吧,伯爵,请吃面包,喝酒,
吃喝完了,我就将您放走,
不吃不喝,您就会送命。”

六十一

伯爵拒绝进食。

“您吃吧,堂罗德里戈,不必为我操心,
我不想吃,我只想这样死去。”
过去了三天,仍未能让伯爵进食。
熙德的人在分发缴获的战利品,
但伯爵仍没有吃下面包一片。

六十二

熙德对伯爵重申自己的许诺。他释放了伯爵,并将他送走。

熙德说:“伯爵,您总得吃一点,
1033b 如果不吃,您自己人再也看不见。
您如吃了,我很喜欢。
1035 伯爵,您和与您同来的两位绅士,
1035b 我都将予以释放。”
听到这点,伯爵才喜开了颜,
“熙德,您如果真能实现诺言,
我一辈子都不会忘记您的恩典。”
“那您就吃吧,伯爵,吃完了,
1040 我就将您和另外两人放行;
不过,您在战场上失去的财物,
我分文也不会归还给您,
1043 因为我需要给随从们分发银饷,
他们跟随我已吃尽了苦头。
国王将我流放,我不得不四处流浪,
我只好从您和别人那儿夺取,
才能维持生计,这也许就是天意。”
伯爵很高兴,要水将手洗一洗,
1050 水很快就拿来放在他面前。
伯爵便与熙德同意释放的两名绅士进餐,

天哪,他吃起来好一个狼吞虎咽!
吉日良辰诞生的人就坐在他身边:
“伯爵,这次您如果不吃得意足心满,
我就不让您走,还得让您待在这边。”
伯爵回答说:“我尊重您的意愿。”
说完又和贵族加紧吃饭,
熙德就在一旁高兴地观看,
堂拉蒙吃饭的动作多么熟练!
　　“熙德,如果您愿意,我们就启程,
请命人牵来马匹,我们即刻动身。
自从我当伯爵时起,从没有吃得这么高兴,
这饭食的滋味我会永记在心。”
　　熙德命人牵来三匹鞍镫齐全的骏马,
还取来了华丽的衣服——皮衣和斗篷。
堂拉蒙伯爵走在两绅士当中。
卡斯蒂利亚人[①] 陪他们走到营地一端相送:
“伯爵,您走吧,放心大胆地回去,
对您留下的一切我表示深切谢意。”
如果您出现报仇的意念,
如果您想来找我,请事先告知,
届时不是您失去什么,就是我有什么落到您手中。”
“放心吧,熙德,这件事您不用操心。
今年的贡品我算已经缴奉,
至于找您复仇,我根本没有想过这样的事情。”

① 指熙德。

六十三

伯爵将信将疑地离去。流放者的财富。

伯爵踢马，开始向前走，
每走几步，总要一回头，
他怕熙德说话不算数。
1080 熙德永远不会这样做，
即使全世界的财富都给他；
背信弃义的事他从来不肯干。
伯爵走了，熙德回归大营，
与手下人见面，一片欢腾，
因为这次得到了又多又好的战利品。
1086 他们都很富裕，财富多得数不清。

第二歌

熙德女儿的婚礼

六十四

熙德向巴伦西亚进军。

　　比瓦尔的熙德之歌，继续唱下去：
熙德的军队在奥洛考扎过营，
1087 现在离开了萨拉戈萨的土地，
又离开了韦萨和蒙塔尔万的田野，
1090 　　开始将战斗推向沿海各地。
太阳从东方升起，他就向东奔驰，
熙德征服了赫里卡、翁达和阿尔梅纳拉，
又占领了整个布里亚纳①。

六十五

攻占穆尔维埃德罗②。

① 以上四地都是靠近巴伦西亚的城镇，属卡斯特利翁省。
② 巴伦西亚的北部一城镇。

　　高居天庭的上帝帮助了熙德，
使他攻占了穆尔维埃德罗，
熙德发现主站在自己一边。
这时巴伦西亚已笼罩着一片恐惧。

六十六

　　巴伦西亚的摩尔人包围熙德。熙德召集他手下人讲话。

　　诸位明白，巴伦西亚人忧心忡忡，
因为穆尔维埃德罗的占领使他们不高兴。
他们聚合商定，准备将熙德团团围困。
他们连夜行军，
到穆尔维埃德罗时已到次日晨，
立即在那儿安下大营。
　　熙德见到他们，感到异常吃惊：
“光荣属于你，精神的父亲！
我们在他们的领地干了不少坏事，
喝他们的酒，吃他们的粮，
他们来包围我们也完全应当，
事情到了这一步，只好打一仗。
快派人去给该帮助我们的人送信，
一些信送赫里卡，另一些信送奥洛考，
还要往翁达、阿尔梅纳拉把信发，

再请布里亚纳派人来支援。
我们要立即开战不拖延，
我相信上帝一定会保佑我们把仗打赢。”
　　到了第三天各路人马已经集中，
于是，吉日良辰诞生的人讲了话：
　　“听我说，各路军队，愿上帝拯救你们！
自从我们离开基督徒的土地
（这不是我们的本愿，这样做是不得已），
靠主的帮助，一切都相当顺利。
眼下巴伦西亚人将我们围困，
　　如果我们想在这块土地上生存，
我们就得狠狠地惩罚他们。”

六十七

熙德讲话结束。

　　“但愿夜间快点过去，黎明迅速来临，
天一亮我们就要备好马，披挂齐整，
我们要对包围自己的军队发起进攻。
　　作为身处异乡的流放人，
在战场上我们就会看出谁无愧于领的饷银。”

六十八

米纳雅想出作战计划。熙德再次获胜，占领塞波利亚[1]。

请听听米纳雅·阿尔瓦尔·发涅斯说些什么：
“坎佩亚多尔，我们愿依您说的行事。
请拨给我一百名士兵，
您和其余的人发起正面进攻。
您可以放心大胆地冲锋，
我和一百名将士从侧翼杀入，
我相信上帝，这场战事我们定能胜利。”
听了米纳雅的话，坎佩亚多尔很兴奋。
天将黎明，熙德的人已戎装在身，
每个人都明白自己该做的事情。
旭日初升，熙德已冲向敌阵：
“以主和圣徒圣地亚哥[2] 的名义，
将士们，奋勇杀敌，毫不留情，
熙德·鲁伊·地亚斯就是我本人！”
诸位请看，多少马缰被扯断，
多少拴马的马桩被连根拔起、推倒[3]！

① 巴伦西亚北部一城镇。
② 即上文的圣雅各。
③ 当时摩尔人的马仍拴在马桩上，熙德发起突然袭击，才出现了这种情况。

然而,摩尔人人多势众,开始重整队伍。
这时,阿尔瓦尔·发涅斯从侧翼攻入,
1145 摩尔人无奈,只好承认失败,
恨不得生双翅四散溃逃。
追击中两个摩尔首领丧命,
熙德的人一直追到巴伦西亚城门,
他们缴获的战利品十分丰盛,
1152 打扫了战场后班师回营,
1153 带着众多的战利品进入穆尔维埃德罗城,
城内立即一片欢腾。
熙德的人占领了塞波利亚及其周围城镇,
1155 巴伦西亚人一片恐惧,不知所措,
诸位明白,熙德的威名早已传向四面八方。

六十九

熙德向巴伦西亚南部发起进攻。

1156 熙德的名声响当当,已传到大海的另一方,
坎佩亚多尔和他手下人都很高兴,
因为上帝保佑,他们在作战中获胜。
入夜熙德派了先头部队,
1160 一直到达库利埃拉和哈蒂瓦,
再南下,他们到达德尼亚。
熙德的军队直到海边,将摩尔人的土地夷平,

将贝尼卡德尔[1] 山连同它的出入口也全部占领。

七十

熙德在贝尼卡德尔。

熙德将贝尼卡德尔占领，
哈蒂瓦和库利埃拉人十分伤心，
巴伦西亚人也没法掩饰恐惧的心情。

七十一

熙德攻占整个巴伦西亚地区。

熙德的军队昼宿夜行，
攻占摩尔人的城市和乡村，
这样的日子持续了三年整。

① 位于巴伦西亚和阿利坎特省的交界处。

七十二

熙德包围巴伦西亚市。号召基督徒起来作战。

巴伦西亚人已得到了教训，
不敢出门，也不敢与熙德的人交锋。
熙德毁坏了他们的田园，使他们损失惨重，
他们只好成年累月忍饥挨饿。
巴伦西亚人怨声载道，却又不知该怎么办好。
他们没有地方搞到食物，
父亲帮不了儿子，儿子也难帮父亲的忙，
朋友间也难慰愁肠。
没有饭吃真令人忧伤，
眼睁睁地看着妻儿因饥饿死亡。
眼见无法解脱面前的危难，
他们就派人去找摩洛哥国王，
可他此时正与阿特拉斯[①] 人交战，
既没有帮他们出主意，也没有派兵支援。
熙德获悉，内心十分喜悦。
一天夜里，他离开穆尔维埃德罗，
黎明时已到达蒙雷亚尔，
他派人口头通知阿拉贡和纳瓦拉，

① 阿特拉斯山，又称克拉罗山，是摩洛哥一个部落的聚居地。

还派人送口信到卡斯蒂利亚：
“谁想成为富人，永远脱离贫困，
就来投奔熙德——善战的人，
他将围困巴伦西亚，将它交给基督徒们。”

七十三

重复口头通知。

“谁愿跟我去围攻巴伦西亚
（完全出于自愿，丝毫不勉强），
我在塞尔法运河边上等他三天三夜。”

七十四

听到口头通知而来投奔的人们。包围并攻下巴伦西亚。

熙德·坎佩亚多尔传下了上面这番话，
随后回到了他早已攻占的穆尔维埃德罗。
口头通知早已传遍各地，
人们争先恐后，都想早点得益，
从各基督教王国汇聚了一大批人；
熙德的名声传遍四方，

前来投奔的人很多,却鲜有人离开去他乡。
熙德的财富与日俱增,
见大批人前来投奔,他异常欢欣,
他决定利用时机,不再坐等,
大军扑向巴伦西亚,准备将它占领。
巴伦西亚城被围得密不透风,
进城或出城都遭到严禁。
熙德给了对方一个攻城的期限,
在这期间他们可调军队前来支援,
九个月期限到了便开始攻城,
到了第十个月,巴伦西亚人便投降称臣。
　　熙德攻克巴伦西亚,一踏进城门,
全城出现一片欢呼声。
原来是步兵的现在成了骑兵,
夺取到的金银数也数不清,
参与攻城的人全都成了富人。
熙德·堂罗德里戈自己留下五分之一战利品,
总共有三万马克现金;
至于还有多少别的财宝,
谁还能数得清?
　　当他们见到自己的大旗在城堡上空升起,
坎佩亚多尔和他手下的人都十分兴奋。

七十五

塞维利亚国王想收复巴伦西亚。

熙德和他的将士正在巴伦西亚休整，
塞维利亚国王收到一封急信，
说难以抵御，已失陷了巴伦西亚城。
于是，国王便率领三万人马前来反攻，
战场在巴伦西亚一片果园附近。
美髯公熙德战胜他们，
迫使他们退到了哈蒂瓦镇。
在渡胡卡尔河时，摩尔人已溃不成军，
水中淹死了不少摩尔士兵，
塞维利亚国王受三处伤却保住了性命。
熙德得到大批战利品回城。
当初攻陷巴伦西亚城缴获颇丰，
这次胜利得到了更多的战利品，
就连普通士兵也每人分到了一百银马克现金。
诸位已看清，熙德的名声与日俱增。

七十六

熙德不修剪胡须。他手下人的财富。

基督徒们[1] 无比兴奋，
熙德·鲁伊·地亚斯，吉日良辰诞生的人与他们同庆。

① 指熙德和他手下的将士。

熙德的胡须越来越长，从不修剪，
因为他曾经留下这样的誓言：
“为了爱护国王，我服从他将我流放，
我决不用剪刀将我的胡须修剪，
并愿让众人对此说长道短。”
　　熙德和众将士在巴伦西亚休整，
米纳雅·阿尔瓦尔·发涅斯总是随身紧跟。
当年随熙德流放的人早都腰缠万贯，
在巴伦西亚熙德分给他们房产，
分到产业的人个个都意足心满，
深切地体会到熙德对他们万分喜欢，
即使后来投奔的人也感到高兴。
熙德明白，有人分到了金银，
很想中途离去，在家里过富裕日子。
为此，根据米纳雅的建议，熙德下令：
凡是跟熙德一起得到一些财富的人，
都不能不吻他的手，不辞而行；
谁逃走被他抓到，
财产没收，还要施以绞刑。
熙德发布了这几条禁令，
便与米纳雅·阿尔瓦尔·发涅斯议论：
“如果您认为合适的话，我想弄清，
我手下究竟有多少人？他们赢得多少金银？
我想有一本他们的花名册，将他们一一点清。
如有人已隐退，或已逃遁，
就要将他们的财物没收，分给我手下人。
我的部下们正在进行巡逻，守卫着巴伦西亚城。”
米纳雅说：“您的想法我认为切实可行。”

七十七

熙德清点兵员数。他又给国王准备
一份礼品。

熙德命令全体将士在府门前集中，
人员到齐后，他开始点名。
熙德手下拥有官兵三千六百人，
他感到高兴，脸露笑容：
“米纳雅，感谢上帝，感谢圣母玛利亚的大恩！
离开比瓦尔家乡时，我们几乎身无分文，
现在我们有了财富，往后还会更加富有。
米纳雅，如果您感到高兴，
我想派您再去卡斯蒂利亚，那儿有我们的田园产业，
请您去见阿方索国王——我的主公，
我想从我们这次得到的战利品中，
给他一百匹良马，并请您去献送。
替我吻国王的手后，坚决向他恳请，
求他赐我厚恩，
让我将妻子希梅娜和两个女儿接出卡斯蒂利亚。
我还要您面见她们，并记住我的口信：
我将派人去把她们接出来，
让熙德的妻子和两个女儿满载荣誉，
来到我们占领的异国土地。”
米纳雅说：“我一定愉快地完成这一使命。”

说完这句话，便开始准备行程。
熙德给了阿尔瓦尔·发涅斯一百兵丁，
让他在途中随意差用，
还让他给圣彼得修道院带去一千马克现金，
又给了修道院院长桑丘五百马克整。

七十八

堂赫罗尼莫到巴伦西亚。

从东部来了一名教士，
消息传来，众人一片欢腾，
他的名字是堂赫罗尼莫主教。
他精通人文，为人小心谨慎，
善于步行，也是一名好骑兵。
他前去寻找熙德，很想得到重用，
他迫切希望熙德再次开战，与摩尔人一决雌雄。
他常说，基督徒不愿参战，不愿杀敌，
这是件非常遗憾的事情。
熙德听了这话，心里欣喜万分，
他对米纳雅说："阿尔瓦尔·发涅斯，
感谢天主的大恩，他帮助了我们，
我想在巴伦西亚立一个主教，
这个职位就给这位好教士，
您到卡斯蒂利亚，就将这个消息带去。"

七十九

堂赫罗尼莫成为主教。

阿尔瓦尔·发涅斯认为堂罗德里戈的话很中肯，
堂赫罗尼莫当主教，人人都赞成。
他的教区就在巴伦西亚城，
往后的日子可以过得非常富裕称心。
基督徒们听了，个个都很高兴，
因为在巴伦西亚有了主教先生。
米纳雅也高高兴兴地启程。

八十

米纳雅向卡里翁进发。

巴伦西亚大地上十分平静，
阿尔瓦尔·发涅斯朝卡斯蒂利亚行进，
路上的事我就不向诸位详细阐明。
哪儿能见到阿方索国王，米纳雅做了打听：
不久前国王去过萨哈贡[1]，

① 莱昂省的一个城镇。

后来又到了卡里翁[1],在那儿能找到他的行踪。
米纳雅听了,异常振奋,
他便带了全部礼品朝卡里翁前进。

八十一

米纳雅拜见国王。

阿方索国王做完弥撒,走出教堂,
温文尔雅的米纳雅·阿尔瓦尔·发涅斯刚好来到。
他当众弯曲双膝,
满脸忧愁地跪倒在国王的脚旁,
吻了吻国王的手,不失时机地说了下面一番话。

八十二

米纳雅面奏国王。加尔西亚·奥多涅斯的妒忌。国王对熙德一家的宽恕。卡里翁两公子觊觎熙德的财富。

"阿方索国王陛下,请开恩,
战士熙德将您的手亲吻,

---

① 巴伦西亚省一城市。

他吻您——英明的主上的手和脚，
求您对他大开圣恩。
当年您流放了他，他失去圣上恩宠，
他虽流落异乡，却完成了自己的使命。
他攻克了赫里卡和翁达城；
还将阿尔梅纳拉和穆尔维埃德罗占领；
后来又占领了塞波利亚和卡斯特利翁；
攻占贝尼卡德尔时打了一场硬仗。
眼下他又主宰着巴伦西亚城，
坎佩亚多尔还亲自封立了城里的主教。
他五次血战疆场，每次都获全胜，
上帝赐予他的财富无以计数，
我拿来的礼品表明我的话句句是真。
我带来善奔的骏马一百匹整，
上面配备了全副鞍镫和缰绳。
熙德再次吻王上的手，请收下他的馈赠，
他向来尊您为主，甘愿俯首称臣。”
　　国王举起右手，画了画十字：
“坎佩亚多尔确实立下了赫赫战功，
愿圣依西多罗[①]保佑，我感到高兴，
他立下了丰功伟绩我很兴奋，
我也收下他送来的良驹一百匹。”
　　国王愉快，加尔西亚·奥多涅斯伯爵却很生气：
“像熙德这样东征西讨，为所欲为，
摩尔人准是已被斩尽杀绝。”
国王说：“别胡说八道，

① 塞维利亚大主教(560—636)。

不管怎么说，他的功劳比你大。”
　　这时，米纳雅乘机奏明：
“如果王上愿意，请开大恩，
宽容他的妻子堂娜·希梅娜和两个女儿，
让她们离开他寄居她们的修道院，
到巴伦西亚与坎佩亚多尔团聚。”
国王听了，说：“我完全同意。
我将下令，她们在我王国旅行，
将得到食物的供应，
我并保证她们安全，不受欺凌。
当她们离开了我的国境，
就请您和坎佩亚多尔多费心照应。
王室的卫队和朝臣们听令：
我不想让坎佩亚多尔损失毫分：
凡是跟随他称他为主人的所有侍从，
过去我没收了他们的财产，现在全都归还，
不管熙德在何地，他们都可回来继承家产；
我还保证他们的肉体不会受到伤害，
我这样做是为了让他们侍奉好自己的主人。”
米纳雅·阿尔瓦尔·发涅斯将国王的手亲吻。
国王微笑，说出话来真喜人：
“凡是愿去为熙德效劳的臣民，
可以离开我，去熙德那儿投奔。
比起惩罚，施恩更易得民心。”
　　这时，卡里翁两公子在一旁窃窃议论：
“熙德·坎佩亚多尔的名声大增，
我们若娶他的两个女儿，必能得到许多好处。”
“只是不好开口提这门亲事，

他是比瓦尔人,而我们属卡里翁伯爵家族[1]”。
这件事他们没有告诉任何人,就议论到此。
　　米纳雅·阿尔瓦尔向仁慈的国王辞行。
“您要走了,米纳雅?祝您一路顺风。
有一名王室使臣与您同行,他会对您有用;
您带的女眷定会得到满意的侍奉,
直到梅迪纳塞利[2] 为止,她们能得到一切所需;
再往前行,就得由坎佩亚多尔派人照应。”
辞别了国王,米纳雅便离开王宫。

八十三

　　米纳雅去德卡德尼亚拜见堂娜·希梅娜。更多的卡斯蒂利亚人愿意投奔巴伦西亚。米纳雅到布尔戈斯,对犹太人承诺以高价偿还熙德的债务。米纳雅回到德卡德尼亚,接出希梅娜。佩德罗·贝尔穆德斯离开巴伦西亚,迎接希梅娜,在莫利纳与阿本加尔邦会面,在梅迪纳塞利见到了希梅娜。

卡里翁两公子已下了决心,

① 意思是这门亲事门第不相称。比瓦尔是个村庄,卡里翁是城市。比瓦尔人熙德的出身不如卡里翁伯爵家族显赫。

② 卡斯蒂利亚王国的边境城市。

他们陪着米纳雅边谈边行：
“您是众人的好朋友，也是我们的知心人，
请转达我们对比瓦尔人熙德的问候，
我们竭力为他效劳，因为是他的朋友，
与我们友好，他不会损伤分毫。”
米纳雅回答：“我一定予以转告。”
　　米纳雅启程，两公子回转府门。
阿尔瓦尔朝希梅娜夫人所在的修道院前进，
见到米纳雅，夫人和她女儿都很高兴。
米纳雅下马，进圣彼得修道院做祈祷，
祈祷完毕，他来到女主人的身旁：
“我向您致意，堂娜·希梅娜，祝您无灾无殃。
祝您的女儿——两位小姐身体健康，
我向您带来了熙德的问候。
我离开他时，他身强力壮，十分富有，
国王开了大恩，已宣布还给你们自由。
他让我将你们送去巴伦西亚，那儿已是我们的疆土。
熙德见到你们身体健康，无病无灾，
一定会拨开愁云，喜笑颜开。”
堂娜·希梅娜说：“愿主保佑，这一切都能实现。”
米纳雅·阿尔瓦尔·发涅斯派出三名骑兵，
去巴伦西亚见熙德·鲁伊·地亚斯，
请他们转告他说：“愿主保佑他百病消除，
国王已经宣布，他的妻女恢复自由，
我们在国王土地上旅行，他将供给我们全部军需。
如果一切顺利，再过十五天时间，
我和他的妻女还有她们的侍女，
都会到巴伦西亚与他相见。”

三骑士启程，他们定将完成送信的使命；
米纳雅·阿尔瓦尔·发涅斯在圣彼得暂停。
　　从各地到来许多骑士，
他们都想去巴伦西亚会见鲁伊·地亚斯，
恳求阿尔瓦尔·发涅斯帮助他们前去。
米纳雅答道："我一定尽力相助。"
米纳雅原本带来一百名骑士，
这次又增添六十人，
他们共同保护女眷们去巴伦西亚城。
　　米纳雅将五百马克给了修道院院长，
还有五百马克怎样使用，我将向诸位说明。
米纳雅上布尔戈斯城，
替堂娜·希梅娜和她的两个女儿，
还有侍候她们的几名侍女，
买来了精美的首饰和华丽的服装，
用来代步的骡马膘肥体壮。
她们有了坐骑和华服装扮，
善良的米纳雅便准备上马启程。
这时，拉克尔和比达斯突然俯伏在他的脚下：
"米纳雅，好骑士，帮个大忙吧！
熙德的事我们不但一文不赚，反而上了大当，
只要还我们本钱，利息我们就不要他还。"
"如果上帝让我去他身边，我一定对他讲明，
你们帮过他的忙，一定会得到报偿。"
拉克尔和比达斯说："上帝保佑，但愿会这样，
否则，我们得离开布尔戈斯找他算账！"
　　米纳雅·阿尔瓦尔·发涅斯回到圣彼得，
很多人来与他相聚，他已准备回程，

修道院院长满怀深情地跟他辞行：
“米纳雅·阿尔瓦尔·发涅斯，愿上帝与您相伴，
请代我亲吻坎佩亚多尔的手，
请他永远不要忘记这修道院。
但愿神灵保佑他一生，
让熙德·坎佩亚多尔的声名与日俱增。”
米纳雅说：“我一定转达您美好的祝愿。”
　　告别后，他们便上马启程，
照料他们的王室使臣和他们偕行，
在卡斯蒂利亚的土地上他们得到充足的粮草供应。
从圣彼得到梅迪纳塞利有五天的路程。
眼下女眷们和阿尔瓦尔·发涅斯已在梅迪纳塞利城。
　　下面再将送信骑士们的行踪表明，
熙德听到他们带来的口信，
心里高兴得难以自禁，
他立即传出如下将令：
“派来信使的人一定在等佳音。
穆尼奥·古斯蒂奥斯和佩德罗·贝尔穆德斯听令，
还有您马丁·安托利纳斯——忠实的布尔戈斯人，
以及主教堂赫罗尼莫——优秀的教士，
你们立即带领能征善战的将士一百名，
途经圣玛利亚镇，
然后再到不远的莫利纳城。
那儿有我朋友阿本加尔邦——我们一直友好相处，
他会再给你们增派骑兵一百人。
继而你们要尽快到达梅迪纳[1]城。

① 即上文的梅迪纳塞利。

根据我获得的消息，
在那儿你们能接到我的妻女和阿尔瓦尔·发涅斯，
你们要将他们体体面面地接到这里。
我在为征服它而付出很大代价的巴伦西亚等待你们。
我若离城出境，巴伦西亚就无人守卫，
那是非常荒唐的行为。
我要长期待在这里，因为这是我的疆土。”
　　熙德的话一说完，他们就上马启程，
途中疾驰飞奔，一秒一分也不停顿。
途经圣玛利亚镇，在布朗查莱斯[①] 宿营，
翌日他们到达莫利纳城。
摩尔首领阿本加尔邦获悉他们来临，
早已高高兴兴地出城远迎：
“来的诸位就是我好朋友的家臣？
你们的到来我不担心，反而感到兴奋！”
穆尼奥·古斯蒂奥斯立即答言：
“熙德向您问候，并有一事相求，
请您立即亲率骑兵一百人，
去梅迪纳塞利迎接他的妻女，
先将她们接到这里，
然后再送她们去巴伦西亚城。”
阿本加尔邦说：“做这件事我很高兴。”
当天晚上就款待他们，无比盛情，
次日清晨便上马启程。
原本只请求带一百名，他却带去骑兵二百人。
他们越过崇山峻岭，

① 特鲁埃尔省一小城。

穿过塔兰斯平原，
走下阿尔布胡埃洛谷地，
一路上勇往直前，毫不犹豫。
　　米纳雅一行到了梅迪纳塞利，提高了警惕性，
因为他见到前面出现了一队带武器的人，
他怕出事，派两名骑士前去探询。
两骑士受命，立即动身。
一人留在那队人马那里，另一人回来面禀：
“他们是坎佩亚多尔的人，前来迎接我们，
佩德罗·贝尔穆德斯走在前面，
穆尼奥·古斯蒂奥斯是您亲密无间的好友，
还有布尔戈斯人马丁·安托利纳斯，
和堂赫罗尼莫主教，他是虔诚的教士。
阿本加尔邦首领亲率大队人马前来，
为的是让熙德高兴，给他脸上增光。
他们一起前来，很快就会到这里。”
米纳雅说：“我们快上马迎上前去。”
众人毫不迟疑，立即动身。
一百名骑兵披挂整齐，走出城门，
他们骑的是披着丝绸薄纱的骏马，
马肚带上拴着铃铛，盾牌挂在骑兵脖子上，
手执拴着小旗的长枪。
阿尔瓦尔·发涅斯是想显示一下自己办事多么稳当，
也让人们看看他陪女主人走出卡斯蒂利亚时的盛况。
　　走在前面的是一些探路的士兵，
他们舞着刀枪以示内心的兴奋，
到了哈隆河边，一片欢腾。
前来迎接的将士向米纳雅躬身致敬；

阿本加尔邦一到,便见到米纳雅,
并立即笑容满面地和他拥抱,
还按摩尔人的风俗在他肩部亲吻[1],以示友好。
“阿尔瓦尔·发涅斯,今天真是个大喜的日子,
您迎来了女主人和两位小姐,使我们倍感荣幸;
她们是熙德的夫人和亲生女儿,
我们一定要盛情款待。
熙德吉星高照,我们永远与他友好,
不论太平日子还是发生战事,我总与他站在一起。
谁不愿意这样做,我看他是傻瓜。”

八十四

赶路的人们在梅迪纳塞利休息。他们离开梅迪纳塞利去莫利纳,到达巴伦西亚附近。

阿尔瓦尔·发涅斯·米纳雅脸带微笑说道:
“您真是熙德的好友至交,阿本加尔邦!
只要上帝保佑我,平安到达他身旁,
您做的一切都不会徒劳无偿。
眼下我们休息一会,晚饭已准备停当。”
阿本加尔邦说:“我很高兴接受您的款待,
要不了三天,我就会加倍报偿。”

[1] 摩尔人的习惯是在对方的颈上或肩部亲吻。

进入梅迪纳塞利,米纳雅请他们进餐,
他们个个都吃得意足心满。
在梅迪纳塞利,米纳雅请使臣回去。
米纳雅一行的费用全由国王支付;
到了梅迪纳塞利,国王又赠送大批粮饷,
身在巴伦西亚的熙德对此感到无比荣光。

夜晚过去,天已黎明,
众人做过弥撒,上马启程,
离开了梅迪纳塞利,渡过哈隆河,
在阿尔布胡埃洛爬上山坡,催马加鞭,
穿过塔兰斯平原,
来到了阿本加尔邦管辖下的莫利纳。
堂赫罗尼莫主教是个真正的基督徒,
他日夜守护着女主人,一片真诚。
他右侧跟着一匹战马①,后面是一匹驮运武器的骡子,
他与阿尔瓦尔·发涅斯并肩行进。
他们进入莫利纳——一座富裕的城镇,
摩尔人阿本加尔邦招待得无比殷勤,
吃住穿用全都提供,不差半毫分,
就连马掌他都命人加以重钉,
他对米纳雅和女主人无比崇敬。
翌日清晨,众人又上马登程,
阿本加尔邦一直照应他们,直到巴伦西亚城,
旅途的全部费用都由他付清。
米纳雅等高高兴兴、体体面面地前进,

① 主教旅途中只骑驯马,同时带着一匹战马,准备发生战事时骑用。

来到了离城三西班牙里[1] 的一个小村，
立即派人给吉日良辰佩上剑的人送信，
说他们已到达巴伦西亚附近。

八十五

熙德派人迎接米纳雅等人。

熙德从来没有如此兴奋，
因为从他最爱的人那儿传来了喜讯，
他迅即派出骑士两百名，
去迎接米纳雅和尊贵的女主人。
他自己则坚守城池，从不放松警惕，
他明白，阿尔瓦尔·发涅斯会将一切都安排妥帖。

八十六

堂赫罗尼莫提前到巴伦西亚，准备宗教仪式。熙德骑马出城迎接希梅娜。众人进城。

熙德派出的骑兵两百人，

① 1西班牙里约合5.5公里。

前来迎接米纳雅、夫人、小姐和全体随从。
　　熙德命令一部分人留守城中，
他们要守卫好要塞和塔楼，
还要看守好所有出入口和大门；
还叫人牵来“巴维埃卡”——
那是他打败塞维利亚国王夺来的一匹马。
熙德——吉日良辰佩上剑的人还不清楚，
这马是不是疾行如风，是不是驯服顺从。
他想在巴伦西亚的城门边非常安全，
当着妻女的面，做一番骑术表演。
　　女眷们受到了热烈的欢迎。
堂赫罗尼莫主教提前进了城，
下马后，他就走向教堂大门，
早已得到通知的神父们在门口相迎。
他们身穿白色法衣手拿银质十字架，
出城去迎接夫人、小姐和米纳雅。
　　吉日良辰诞生的人认为时机已到，
他身穿丝绸战袍，长髯在胸前飘，
“巴维埃卡”的马具和马饰早已配备好。
熙德手执长枪，跨着骏马，
这马就是“巴维埃卡”。
它驰骋得这么快，
众人见了，都惊得瞠目结舌。
从那天起，“巴维埃卡”就成了全西班牙最有名的马。
　　疾驰完毕，熙德就从马上下来，
朝妻子和两个女儿走去。
堂娜·希梅娜见他就在眼前，
立即俯伏在他的脚下：

"感谢你,坎佩亚多尔,
替我解脱了那么多危难和屈辱。
夫君啊,我终于带了一双女儿来到你面前,
感谢上帝,她俩都健康成长,成了美丽的姑娘。"
坎佩亚多尔紧紧地拥抱母女三人,
众人都高兴得热泪盈眶。
熙德的卫队欢呼雀跃,
他们在台上比武,随后又将台推倒。
诸位请听吉日良辰佩上剑的人说些什么:
"堂娜·希梅娜啊,我贤惠的爱妻,
还有我两个女儿——我的心肝宝贝,
你们快同我一起进巴伦西亚城,
这是我为你们夺取的领地。"
母女亲吻他的双手,
众人体体面面地走进城门。

八十七

熙德妻女从城堡上俯视巴伦西亚城。

熙德和妻女登上城堡,
跟她们爬到最高的地方,
几双美丽的眼睛朝四面八方观望,
巴伦西亚城就在他们脚下延伸。
一边是一望无垠的海洋,

另一边的果园郁郁葱葱，无比宽广，
还有其他的许多景物令人神往。
他们举手感谢上苍，
赐给他们这么多财富，这么肥沃富饶的田庄。
　　熙德和将士们愉快地安度光阴，
冬日已尽，春天来临，
现在我向诸位说说大海那一边的情景，
谈谈摩洛哥国王优苏福的一些事情，

八十八

摩洛哥国王前来包围巴伦西亚。

　　熙德富有，这使摩洛哥国王十分痛苦，
他说："熙德侵犯了我的国土，
他发财不感谢我，却归功于耶稣基督。"
国王开始集结军队，
一共有五万名全副武装的将士。
他们扬帆渡海，
准备到巴伦西亚寻找熙德·堂罗德里戈。
船到巴伦西亚，他们便立即登陆。

八十九

他们一到熙德占领的巴伦西亚城，
异教徒们立即在城外扎下了营，
这消息很快便传入熙德耳中。

九十

见到摩洛哥的军队，熙德很高兴。
希梅娜感到害怕。

“感谢主——精神之父，
我拥有的一切全都在眼前，
我费尽心机征服了巴伦西亚，现在它成了我的领地，
除非杀了我，谁也休想夺走。
托主的福，靠圣母玛利亚的保佑，
我的妻子、女儿都到了身边。
来自大海另一边的敌人给我带来了作战的欢乐，
这一仗不可避免，我一定要出战。
我的妻女将目睹我上战场，
她们会明白我怎样生活在异国他乡，
也将见到怎样才能得到口中的食粮。”

他让妻女登上城堡顶上，
她们见到敌军建立的营帐。
“愿主保佑你平安，这是什么，熙德？”
“贤惠的妻子，你不必惊慌，
那是给我们送上门来的大量财富。
你来这里不久，他们便送来了礼物，
也为你两个女儿送来了嫁妆。”
“谢谢你，熙德，感谢精神之父。”
“我的妻，你就待在这城堡上，
见到我上阵厮杀，不要慌张，
上帝会赐福，还有圣母玛利亚。
有你们在这儿观战，我的胆子更大，
有主的帮助，我一定会打胜这一仗。”

九十一

熙德鼓励妻子、女儿。摩尔人入侵巴伦西亚的果园区。

敌人安下营，天已黎明，
战鼓声声，一阵紧似一阵。
熙德异常兴奋，说：“今天是个了不起的日子！”
妻子十分恐惧，心跳得快要碎裂，
他的女儿和侍女们也吓得半死，
因为她们一辈子也未遇到这样的事。
熙德·坎佩亚多尔捋了捋胡须：

“不要害怕，战争的结局对我们有利，
如果主愿意，十五天时间里，
这些鼓就会属于我们。
我们还会将这些鼓拿到你们眼前，
1666b 让你们看看它们是怎么制成的；
然后将它们送给堂赫罗尼莫主教，
挂在圣玛利亚教堂里。”
熙德就这样许下了一个愿。
　　女主人听了十分振奋，不再惊恐。
摩洛哥的摩尔人这时已迅速上马，
肆无忌惮地冲进了果园区。

九十二

基督徒的军队发起猛攻。

　　瞭望塔上见到这种情景，立即敲响警钟，
鲁伊·地亚斯的军队迅速开始行动，
全身披挂停当，冲出城门疾如风，
与摩尔人一遭遇，马上发起猛攻，
摩尔人逃出果园区，那模样实在难看，
战斗的第一天他们杀伤敌人五百名。

九十三

作战计划。

追杀残敌一直到摩尔人的营地，
战斗已久，他们决定回营。
可是，阿瓦尔·萨尔瓦多莱斯却落入敌人手中。
熙德的人马全都回到大营里，
向他报告战斗经过，尽管他已亲眼看清。
对于战斗的结果熙德无比高兴，
“将士们，听我说，我们一定要打下去！
今天打得不错，明天要争取更大的胜利。
明天清晨，大家就要披挂齐整，
堂赫罗尼莫主教为你们祈祷送行，
弥撒一完，你们就上马出征。
以主和圣地亚哥的名义，
我们别无选择，只有跟他们打，
我们如打不赢他们，我们的口粮就会被夺走。”
众人齐声回答：“我们愿意战斗到底！”
这时，米纳雅立即出来献计：
“熙德，如果您同意，我有一计，
根据战斗需要，请拨给我将士一百三十人；
当您从正面进攻时，我从后面袭击；
上帝定会保佑我们，让我们进行两面夹攻。”
熙德说：“这个办法准行。”

九十四

熙德同意主教去打头阵。

白昼已尽，黑夜来临，
基督徒都在准备，不耽误一秒一分，
午夜三时，天还未明，
堂赫罗尼莫主教就为他们做弥撒。
做完弥撒，又赦免他们无罪：
“凡是对敌作战而死去的人，
我赦免他们的罪行，
上帝会接收他们的灵魂。
熙德·堂罗德里戈——吉日良辰佩上剑的人，
今日我给您做弥撒，
我对您有个请求，恳请答允：
我请求您允许我去打头阵。”
坎佩亚多尔说：“我答应。”

九十五

基督徒出战。优苏福失败。不寻常的战利品。熙德问候妻女。赏赐希梅娜的侍女。分配战利品。

　　将士们全身披挂，都从瓜尔托塔楼出城，
临行前熙德对他们进行教诲，一片真诚。
留下一些可以信赖的人把守城门，
熙德穿好战袍、盔甲，手执武器，
一跃跨上“巴维埃卡”准备出征。
　　全体官兵高举熙德的帅旗出了城，
熙德率领的士兵只有三千七百人，
却要面对向他们杀来的五万摩尔兵。
阿尔瓦尔·发涅斯·米纳雅从后面发起进攻，
并祈求主保佑他们将敌人战胜。
　　熙德使用长枪，枪折断时拔出佩剑。
他杀死多少摩尔人已难以数清，
鲜血从肘部哗哗地流个不停。
熙德向国王优苏福连砍三剑，
由于对方的马快，全被他躲开，
他很快逃进了他的城堡库利埃拉。
熙德带着几名亲密的随从，
一直追杀到那个城堡下。
然后，吉日良辰诞生的人回到自己的大营，
看到军队缴获的战利品十分高兴，
尤其对“巴维埃卡”这匹骏马称赞连声。
大量的战利品落入他们手中。
他们已经点清，参战的五万摩尔兵，
死里逃生的只有一百零四人。
熙德的军队占据了敌人大营，
获得的金、银马克三千整，
还有别的财物难以数清，

熙德高兴，将士们欢腾，
因为主让他们大获全胜。
熙德见摩洛哥国王已经逃奔，
便命阿尔瓦尔·发涅斯留下处理余下的事情，
自己带领百名骑兵回到巴伦西亚城。
他脱下头盔，卸下铠甲，
手持佩剑，骑着“巴维埃卡”进了城门。
　　正在等候他的妻女们上前欢迎，
熙德勒马在她们面前站定：
“夫人、女儿，我向你们致意，
我已为你们赢得了巨大的荣誉；
你们为我留守巴伦西亚城，我在战场上获胜，
这都是上帝和圣徒们的意志决定，
你们一到这里，便赢得了这么大的胜利。
你们瞧，我的剑已让血染红，我的宝马大汗淋漓，
我们就这样在战场上战胜摩尔人。
愿主保佑你们长寿，
你们会获得更大的荣誉，有更多的人吻你们的手。”
熙德一边下马，一边说了上面这番话。
见熙德已经下马，站立在地，
侍女们、他的两个女儿和他的贤妻，
立即跪在他面前行大礼：
“我们都听从您吩咐，祝您长命百岁！”
　　随后她们跟熙德进入宫内，
在精美的椅子上坐下来。
“堂娜·希梅娜，我的贤妻，你不是请求过我吗？
我想让这几个侍女嫁给我的部下，
她们跟你们到了这儿，服侍你们十分殷勤。

我要赠给她们每人两百马克作为结婚礼品，
让卡斯蒂利亚人知道，她们侍候的是怎样的主人。
关于女儿们的婚事，过些时候再做决定。”
侍女们都站起身，把熙德的手亲吻，
整个官邸洋溢着欢快的气氛，
所有的事情全都照熙德的意愿办成。

　　这期间米纳雅·阿尔瓦尔·发涅斯还在敌营，
他和手下人正在清点战利品，
有武器、精美的服装，还有许多帐篷，
这次缴获的物品实在太丰盛。
现在我想将主要的说给诸位听一听：
战马多得数也数不清，
因为许多受惊的马在狂奔，无人去收留它们；
另一部分马匹已属当地的摩尔百姓；
即使这样，还有上千匹骏马良驹，
落入坎佩亚多尔的手中。
熙德本人得到了这么多战利品，
别的将士也一定有相应的一份。
熙德和他的部下们，
还得到了许多精美的帐篷和精雕细刻的营柱，
其中摩洛哥国王的帐篷最为珍贵，
它有两个纯金雕花的营柱。
勇武的熙德·坎佩亚多尔下令，
让那帐篷原地保留，谁也不准动一动。
“从摩洛哥运来的这顶帐篷，
我要馈赠给卡斯蒂利亚国王阿方索，
让他知道熙德已建立奇功。”

　　带着所有的财富，熙德的人回到了巴伦西亚。

堂赫罗尼莫主教——稳重的教士，
双手格杀得筋疲力尽，
连他自己也弄不清杀了多少摩尔人，
他这次也分到不少战利品。
熙德·堂罗德里戈——吉日良辰佩上剑的人，
从自己分得的份额中向主教缴了什一税[1]。

九十六

基督徒们的喜悦。熙德再次给国王送去礼品。

巴伦西亚的基督徒们都对战争的结果十分兴奋，
他们分到了许多马匹、武器和财物，
堂娜·希梅娜和她两个女儿也很欢欣，
几个侍女已经结婚。
该办的事熙德都抓得很紧，
“米纳雅，您在哪儿？快来这里，
分给您的那一份财物，您应心安理得地收下来。
我还要真诚地告诉您，
从我分得的五分之一财物里，
您可以随意取用，余下的归我自己。
明日清晨您就启程，不要迟疑，
您从我分到的份额中挑选好马匹，

① 即将自己所得的十分之一交给教会。

每匹马配上鞍镫、辔头和一把利剑,
为了报答国王对我妻子、女儿的厚爱
(因为他派人送她们到喜欢来的地方),
您带去良马两百匹送给陛下,
可不要让阿方索国王说统治巴伦西亚的人小气。”
接着他又命令佩德罗·贝尔穆德斯同行。
次日拂晓,他们便迅速上马启程,
随行人员共带两百名,
他们将代熙德向国王问候和亲吻他的手;
还禀报国王,熙德取得了作战的胜利,
他向国王送两百匹马作为献礼。
熙德还要他们向国王表明:“只要自己活着,定将永远
忠于国王。”

九十七

米纳雅携礼去卡斯蒂利亚。

他们出了巴伦西亚,开始旅程。
因为带着这么多礼品,一路上非常小心。
他们昼夜兼程,几乎不休息一秒一分。
过了瓜达腊马山,
他们就开始打听堂阿方索国王在什么地方。

九十八

米纳雅到达巴利阿多利德[①]。

爬过高山、丘陵，渡过江河，
他们到达巴利阿多利德——阿方索国王就在这里，
佩德罗·贝尔穆德斯和米纳雅派人向国王传信，
请求陛下予以接见，
因为他们从巴伦西亚带来了熙德的礼品。

九十九

国王出迎熙德派来的人。加尔西亚·奥多涅斯的妒忌。

国王高兴，人们从未见过他这般欢喜。
他下令全体王公贵族从速上马，
自己一马当先走出城门，
亲自对吉日良辰诞生的人派来的使者表示欢迎。
诸位须知，卡里翁的两公子和熙德的宿敌堂加尔西亚
伯爵，

① 西班牙西南部一城市。

也在出迎的行列中。
出迎的人中，有的喜悦，有的有难言的苦衷。
吉日良辰诞生的人的使者们渐次走近，
他们像一支军队，不像是一队送礼的人。
国王堂阿方索很兴奋，在胸口画了十字，
米纳雅和佩德罗·贝尔穆德斯走在前面。
他们下了马，两脚落地，
随后便跪倒在国王的跟前，
吻国王的脚和他面前的土地：
“感谢阿方索国王的大恩大德，
我们以熙德·坎佩亚多尔的名义，吻您的双脚，
他永远尊陛下为主公，将自己看成是臣民，
他对您赐给他的荣誉无比尊重。
王上，不久前熙德打了一场胜仗，
打败了优苏福——摩洛哥国王，
还将他五万人马消灭在战场；
他获得了无以计数的战利品，
他手下的人个个都成为富有的人，
他给陛下献上两百匹马，并吻您的手。”
堂阿方索国王说：“礼物我非常乐意接受，
感谢熙德给我送来厚礼，
但愿我能有答谢他的机会。”
国王的话使许多人高兴，他们都将国王的手亲吻，
　　然而，堂加尔西亚伯爵却十分气愤，
他悄悄在一旁与十来个亲友议论：
“熙德的声誉突然大增，
他的荣誉越大，我们越受到威胁。
他在战场上不费吹灰之力打败摩尔王，

他从敌人手中夺取马匹,敌人像死人一样。
他这么一来,我们的利益就会大受损伤。”

一〇〇

国王对熙德表示宽容。

国王堂阿方索说了下面一番话:
“感谢主,感谢圣依西多罗,
熙德今天送给我两百匹马,
今后我理朝政还会更多地指望他效力。
米纳雅·阿尔瓦尔·发涅斯和佩德罗·贝尔穆德斯,
我要赏赐给你们锦衣,
还要让你们挑选最好的武器,
让你们衣冠楚楚、体体面面地回去见熙德,
我再赠送给你们马三匹。
我心中已有这样的预感,
我们所做的这一切事情必然会有好的结果。”

一〇一

卡里翁两公子想娶熙德的两个女儿。

米纳雅等再次吻过国王的手,便进去休息,
国王命人为他们提供需要的一切。
下面我要说说卡里翁的两个公子,
这时他们正在暗中密谋策划:
“熙德的事业兴旺发达,
我们请他将女儿嫁给我俩,
我们的名声就会增大,还会发家。”
于是,他们便怀着这目的去见国王。

一〇二

两公子求国王关心他们的婚事,国王同意。国王要见熙德。米纳雅回巴伦西亚,向熙德通报事情的全部经过。熙德确定与国王见面的地点。

“王上,我们的主公,
我们有一件事恳请帮助,
请您出面替我们向熙德的女儿求婚,
我们娶了他女儿,会提高他身份,也有利于我们。”
国王思索了好久,才开了口:
“我将忠诚的坎佩亚多尔流放,
他不记恨,反而一再对我献礼。
说到这门亲事,我不知他欢喜不欢喜,
不过,你们既然愿意,我就替你们提一提。”
于是,国王便召见了

米纳雅·阿尔瓦尔·发涅斯和佩德罗·贝尔穆德斯,
在一间客厅内与他们单独交谈:
“听我说,米纳雅、贝尔穆德斯,
熙德·鲁伊·地亚斯为我效力,
他理应得到我的宽恕;
如果他愿意,请他前来见我。
朝廷内有件事情和他有关系:
卡里翁两公子迭哥和费尔南多,
想和他两个女儿成亲。
我请你们替我带好信,
将这件事告诉吉日良辰诞生的人,
他若与卡里翁两公子联姻,
定能提高身份,增大自己的名声。”
征得贝尔穆德斯的同意,米纳雅说:
“我们一定将王上的话予以转达,
成与不成,由熙德亲自决定。”
“请你们告诉鲁伊·地亚斯——吉日良辰诞生的人,
我将去他认为合适的地方与他相见,
由他来指定我们会面的地点,
我想给熙德提供一切方便。”
告别了国王,他们便开始旅程,
米纳雅等人全都回到了巴伦西亚城。
坎佩亚多尔闻讯,
迅即上马出迎。
熙德笑容满面拥抱了他们:
“米纳雅、贝尔穆德斯,你们回来了!
你们真是世上少见的男子汉。
从我主公阿方索那儿带回来什么消息?

他收了我的礼？收礼时高兴不高兴?”
米纳雅说:“他非常乐意,满心欢喜,
还向您表达了他的一片爱心。”
熙德说:“感谢主的保佑。”
说完这些,米纳雅便将那件事禀明:
阿方索国王——那个莱昂人,
想请熙德让自己的女儿与卡里翁两公子成婚,
说这样会提高熙德的身份,会增大他的名声,
国王对这件事十分认真。
熙德·坎佩亚多尔听了,
思考了很久,才做出反应:
“这件事我得首先感谢我主基督。
当年我被剥夺全部产业,逐出故乡,
今天拥有这一切,全靠自己的力量。
感谢上苍,国王重又恢复对我的恩宠,
还出面替卡里翁两公子向我女儿求婚。
请你们告诉我,米纳雅、贝尔穆德斯,
你们认为这桩婚事该怎么处置?”
“您怎么决定,我们一定也赞成。”
熙德说:“卡里翁两公子门第显赫,
他们目空一切,是朝廷的权贵,
与他们联姻我并不喜欢;
可是,这门亲事是国王亲自撮合,
我们三人间秘密地商量这件事,
该怎么办,愿天主给我们很好的启示。”
“除此之外,阿方索国王还向您表明,
他要在您喜欢的地方与您会晤,
他想亲自见您,向您表示他对您的恩宠,

到那时,您可以对他表示自己认为合适的态度。”
熙德说:“我认为这样做很合适。”
“与国王的这次会晤,该定在哪里,
您应该有所考虑。”米纳雅说。
“阿方索国王既然要召见,
不管他在何地,我们都要去找他,
因为他是国君,应该给他这个面子。
然而,他给了我荣誉,让我选择地点,
我就选定水流丰沛的塔霍河畔,
由主上决定哪一天我们会面。”
　　说完,熙德写了给国王的信件,
派两名骑士前去送呈:
“坎佩亚多尔一定遵照国王的意志行事。”

一〇三

　　国王确定会晤时间。国王及其随从准备赴会。

　　骑士们将熙德的信给国王呈上,
国王看了,心里十分欢畅。
“请代我问候熙德——吉日良辰佩上剑的人,
三星期后我们就要见面,
只要我活在世上,我一定前往。”
送信人立即回去见熙德,不耽误一秒一分。
　　这一方和那一方都为会见做好准备:

在整个卡斯蒂利亚，谁见过这么漂亮的骡子？
谁见过这么善走的良驹
和膘肥体壮的骏马？
谁见过这么美丽的旗帜插在锋利的枪尖上？
谁见过这么多镶金嵌银的盾牌
和这么多斗篷、皮装以及亚历山大薄纱？
国王下令将丰富的食品送到塔霍河边，
他和熙德就将在那儿会面。
和国王同去的有一大批随行人员，
卡里翁两公子随同前往喜气洋洋，
他们大笔花钱，早已负债累累，
他们以为与熙德女儿结婚会发大财，
大把大把的黄金、白银滚滚自来。
国王堂阿方索催马疾行，
王公贵族和卫队将他四面簇拥，
卡里翁两公子也带去一大批侍从。
跟国王同行的有加利西亚的军队和许多莱昂人，
而卡斯蒂利亚人则多得数不清，
他们纵马疾驰，朝会晤的地方飞奔。

一〇四

熙德及其随行人员准备去会晤的地方，他们离开巴伦西亚。国王和熙德在塔霍河边会晤。国王庄严宣布对熙德的宽恕。宴会。国王请熙德将他两个女儿嫁给两公子。熙德说女儿婚事请国王做主，由国王将她们婚配。会晤结束。熙德向告辞的人送礼品。国王将两公子交给熙德。

熙德在巴伦西亚为准备会见，
也没有浪费一分一秒时间。
他准备了许许多多膘肥体壮的骡子、
精良的武器和日行千里的战马，
还准备了许多漂亮的斗篷和皮衣，
无论成人还是孩子都穿着鲜艳的衣衫。
准备和熙德同行的有下面的一些将士，他们是：
米纳雅·阿尔瓦尔·发涅斯和佩德罗·贝尔穆德斯，
在蒙特马约尔发过号令的人——马丁·穆尼奥斯，
马丁·安托利纳斯——布尔戈斯的英士，
堂赫罗尼莫主教——勇敢的教士，
还有阿瓦尔·阿瓦莱斯、阿瓦尔·萨尔瓦多莱斯，
穆尼奥·古斯蒂奥斯——勇猛过人的骑士
和来自阿拉贡的加林多·加西亚勇士。
准备随行的还有许多巴伦西亚的将士。
然而，坎佩亚多尔有令，
阿瓦尔·萨尔瓦多莱斯和加林多·加西亚——阿拉贡人不能成行，
他们得留在巴伦西亚认真守城，
其他留下的人都得听从他们的号令。
熙德还做出规定：
城堡的门要紧闭，
无论白昼还是黑夜均不能开启，

因为里面住着他女儿和爱妻，
还有侍奉她们的使女和女佣，
熙德爱妻子女儿胜过爱自己。
熙德出于谨慎，
还下达这样的命令：
在他回来之前，女眷们都不得出城。
　　熙德一行离开巴伦西亚，
随行带了许多匹身高体壮、善于奔驰的战马，
这些马绝非别人所赠，完全是熙德在战场上赢得，
他们前去进行与国王事先约定的会晤。
　　堂阿方索国王比熙德早到了一天，
见坎佩亚多尔一行正走向会晤的地点，
就出来对他表示热烈的欢迎。
吉日良辰诞生的人见国王就在前面，
便命随从们(除了几个最亲近的人)停止前进，
按照熙德事先做好的安排，
他便和十五名骑士一起下马，
双膝跪下，双手着地，
嘴里将几根野草衔起①，
随即淌下了一滴滴欣喜的眼泪，
就这样向自己的主上——阿方索表示恭顺之意。
见熙德拜倒在自己脚边，
堂阿方索国王感到内疚万分：
“快请起，熙德——吉日良辰诞生的人，
您吻我的手吧，不必吻脚，
您如果不这样做，我就会不高兴。”

① 表示谦恭、服从的意思。

坎佩亚多尔仍然跪地不起：
“天然的主公，我请求得到恩赦，
我长跪这里，就想得到您的宽恕，
我愿所有在场的人都能听到您赦免的声音。”
国王说：“我会这样做，而且发自内心，
我宽恕您，我还给您恩宠，
从今天起，您将在我整个王国大受欢迎。”
熙德说了下面一番话，以示谢恩：
“感谢您对我的恩赦，阿方索——我的主公，
感谢天主，
也感谢所有在场的各位公侯将士。”
熙德继续跪地吻国王的手，
站立起来，又吻他的口，
众人见了，个个都喜不自胜，
只有阿尔瓦尔·地亚斯[1] 和加尔西亚不高兴。

熙德接着又把话讲明：
“我对天父感恩不尽，
有了天父的保佑，我才重新得到了国王的恩宠，
但愿主永远对我施恩。
主公，如果您乐意，请您做我的贵宾。”
国王说：“这可不行，
今天您新来乍到，而我昨天已来临，
坎佩亚多尔，您应该做我的客人，
明天我再让您做东。”
熙德依从，又将国王的手亲吻。
这时，卡里翁两公子走近熙德问候：

[1] 奥卡的总督，是熙德的仇敌。

“向您致意，吉日良辰诞生的人，
我们一定为您效力，做您的良友。”
熙德答言：“但愿这是主的旨意！”
熙德·鲁伊·地亚斯——吉日良辰诞生的人，
当天成了国王的贵宾。
国王衷心地喜爱他，对他全身上下瞧个不停，
见到他的胡须长得惊人；
众人见了熙德的样子，也发出一片惊叹声。
　　白昼已过，夜幕降临。
次日清晨，旭日初升，
熙德命令他手下人，
为参加会晤的全体人员准备一顿佳肴美餐，
坎佩亚多尔想以此报答众人对他的恩情。
参加餐饮的人都很高兴，他们一致承认：
像这样的美食已有三年没有品尝。
　　又一日清晨，阳光普照大地，
堂赫罗尼莫主教做了弥撒。
继而，众人聚集在教堂门前，
国王利用机会讲话：
“公侯伯爵、贵族王亲们，听我把话讲明，
我想请求熙德·坎佩亚多尔一件事情，
愿我主耶稣基督保佑他幸福安宁。
我请求熙德将女儿堂娜·埃尔维拉和堂娜·索尔
嫁给卡里翁两公子为妻。
我认为这门亲事又体面又对双方有利。
两公子向她们求婚，我来做个介绍人，
凡是在场的人，不论属这方还是那方，
我都愿他们支持这桩婚姻。”

“愿主保佑您，熙德，请把女儿嫁给我们！”
坎佩亚多尔说：“女儿还年幼，还未长大成人，
因此，我不出面主婚。
卡里翁两公子大名鼎鼎，
娶我女儿名正言顺，甚至还能与更大的名门攀亲。
女儿是我亲生，但是陛下养育了她们，
无论是她们还是我本人都听从您吩咐，
堂娜·埃尔维拉和堂娜·索尔的婚事就由您来定。
不管您将她们许配给谁，我都高兴。”
国王说：“感谢您，感谢全宫廷的人。”
卡里翁两公子立即站起身，
走过去亲吻吉日良辰诞生的人的手，
并当着堂阿方索的面与熙德交换了佩剑①。
　　作为明君，阿方索又开了言：
“感谢您，熙德，感谢上帝，
您让我做主将女儿许配给卡里翁两公子。
我亲自对堂娜·埃尔维拉和堂娜·索尔主婚，
让她们成为两公子的妻子。
这桩婚事已得到了您的应允，
愿主保佑您，万事如意。
我将卡里翁两公子交到您手里，
让他们与您同行，我即刻就要离开此地。
我赠给他们三百银马克作为礼金，
他们可以任意使用，也可用来操办婚礼。
等你们一起回到了在您管辖下的巴伦西亚城，
女儿或女婿全都是您家里的人，

① 表示亲事已定。

您该对他们怎么管教,全由您决定。”
熙德收下了礼金,又吻了吻国王的手,说:
“王上和主公,我对您感激不尽,
您亲自为小女主婚,犹如他们生身父亲!”
　　婚事已定,双方都下了决心。
次日黎明,红日东升,
国王和熙德都将开始返回的旅程,
这时,坎佩亚多尔做了一件非常引人注目的事情:
他来时带来许多肥壮的骡马
还有许许多多珍贵的服装,
这时全都馈赠给向他索要的人,
对谁也不拒绝赠送,
光是马匹就送掉六十匹整,
参加会晤的人个个都非常高兴。
夜晚来临,人们开始辞行,
　　国王拉着两公子的手,
将他们交给熙德——吉日良辰诞生的人:
“他们是您的女婿,也就是您的儿子,
往后他们就得听从您的吩咐,
将您当作父亲侍奉,尊重您就像尊重主公。”
“谢谢王上,我接受您的恩赏,
愿天主给您应得的报偿。”

一〇五

熙德不想亲自将女儿嫁给两公子。

米纳雅成了国王的代理人。

“我的王上,我还有一事相央,
您已根据自己的意愿,为我女儿主婚,
请任命一位代理人,由他将女儿嫁给公子,
这件事我不想亲自插手,
免得两公子利用机会自吹自擂。”
国王答道:“那就请阿尔瓦尔·发涅斯当代理人。
发涅斯,您要亲手领着她们,将她们交给两公子,
好像我现在搀扶着她们那样,如果她们就在眼前。
举行婚礼那天,您要做她们的主婚人。
下次我们见面时,您要向我报告任务有没有完成。”
阿尔瓦尔·发涅斯回答:“我一定全心全意完成使命。”

一〇六

熙德辞别国王。送礼。

诸位要知道,这一切都将小心谨慎地完成。
“啊,堂阿方索国王,光荣的主公,
作为这次会面的纪念,我有点薄礼相送,
我给您带来了三十匹装饰齐全的驯马[①],
还有三十匹鞍辔齐整的良驹,
吻您的手,望陛下收下。”

① 供贵妇人在节日或狩猎时做坐骑用。

国王对熙德说:“这么多馈赠实在让我应接不暇。
不过,我一定接收,
但愿天主和众圣徒保佑,
让您的一片好心得到报偿。
熙德·鲁伊·地亚斯,您对我十分尊敬;
对您殷勤周到的侍奉,
只要我活着,一定要进行酬谢。
我就要离开这里,愿主保佑您,
祝您身心健康,万事如意。”

一〇七

国王的很多随从和熙德去巴伦西亚。佩德罗·贝尔穆德斯陪两公子同行。

熙德骑上他的骏马“巴维埃卡”:
“当着阿方索国王的面,我要对大家讲明,
你们想参加婚礼或想接受我的馈赠,
请和我同行,我想你们定会不虚此行。”
熙德辞别阿方索——他的主公,
他就在当地告别,因为不想让国王远送。
这时有不少骑士交上了好运,
他们吻国王的手,并向他辞行:
“请陛下宽恕、原谅我们,
我们要和熙德去巴伦西亚城,

卡里翁两公子和熙德女儿
堂娜·埃尔维拉、堂娜·索尔结婚，
我们要去参加他们的婚礼。”
国王听了大喜，谁愿意去，他全部放行。
于是，和国王一起走的人减少，与熙德偕行的人大增。
有许多人跟坎佩亚多尔同去，
他们径直走向经过鏖战才取得的巴伦西亚城。
熙德对佩德罗·贝尔穆德斯和穆尼奥·古斯蒂奥斯下令，
让他俩与费尔南多、迭哥同行，
在熙德的部下中只有他俩能很好地完成这使命。
熙德让他们好好地照看卡里翁两公子。
同行的还有阿苏尔·冈萨雷斯，此人沉不往气，
除了夸夸其谈，其他方面没有什么本领。
众人对卡里翁两公子都十分尊敬。
他们已到达巴伦西亚——熙德征服的那座名城，
他们越走近城边，欢乐的气氛越浓。
熙德对堂佩德罗和穆尼奥·古斯蒂奥斯说：
“你们给卡里翁两公子安排住处，
我命你俩跟他们常在一起；
待到明日清晨，红日东升，
他们就能见到堂娜·埃尔维拉和堂娜·索尔——他们的妻子。”

一〇八

熙德将女儿的婚事告诉希梅娜。

当晚,众人都去卧室就寝。
熙德·坎佩亚多尔来到城堡里,
堂娜·希梅娜带着两女儿出来相迎:
“你回来了,坎佩亚多尔——吉日良辰佩上剑的人,
这些天等你回来,我们已望眼欲穿!”
“感谢上帝,我已平安回归,我的贤妻,
我给你带回两个女婿,他们出身高贵门第,
你们应该感谢我,女儿们,给你们找了两个好丈夫。”

一〇九

堂娜·希梅娜和女儿们表示满意。

妻子、女儿还有侍奉她们的女佣们,
她们都将熙德的手亲吻,
“感谢主,感谢你熙德——美髯公,
你办的事全都让人称心,
只要你活着,孩子们就不会受穷。”
“我们结了婚,一定会成为大富大贵的人。”

一一〇

熙德对婚事的疑虑。

“堂娜·希梅娜，我的妻，
堂娜·埃尔维拉、堂娜·索尔，我的女儿们，
我有话对你们讲明：
这桩婚事会提高我家的名声；
可是，这不是我的主意，你们该知道真情。
这门婚事由我主公阿方索提出，
他的态度是那么坚定，那么真诚，
我也不敢说不行，
我就只好将你俩的命运交在他的手中。
请你们相信，这门亲事是他而不是我做的主。”

一一一

准备举行婚礼。介绍两公子。米纳雅将新娘交给两公子。祝福和弥撒。欢庆十五天。婚礼结束，向来宾赠送礼品。游唱诗人告别听众。

于是，人们开始将官邸进行装扮，

墙上挂壁毯，地上铺地毯，
处处都是华丽的呢绒和精美的绸缎。
诸位若有机会去那里，一定会很喜欢。
熙德手下的骑士们迅速集中在一起。
　　这时，有差人去请卡里翁两公子。
他俩骑马来到了官邸，
身上穿着锦衣，服饰异常华丽，
下了马进府门，那态度不知有多谦恭。
熙德簇拥着一大批随从出门相迎。
两公子对熙德和他夫人深深一鞠躬，
随后就坐到了精美的椅子中。
熙德手下人行事都十分慎重，
他们干什么都要看主人的脸容。
　　坎佩亚多尔站起身，开口说话：
“这件事既然该办，何必拖延时间！
阿尔瓦尔·发涅斯，我的爱将，请来我身边。
现在我将两个女儿亲手交给您，
您知道，当初我对国王就提出了这样的要求，
现在我丝毫也不想违背当初的决定。
请您亲手将她俩交给卡里翁两公子，
然后让他们接受祝福，以此结束这桩事情。”
米纳雅回答：“这样做我非常高兴。”
姑娘们站起身，熙德就将她俩往米纳雅身边领。
米纳雅对卡里翁两公子说道：
“请你们兄弟俩站到我的面前，
作为国王的代理人，
我将这两位小姐亲手交给你们。
她们是闺阁千金，

你们娶了她们,一定要对她们十分尊重。”
两公子高兴地迎接她们,露出一片爱心,
随后又过去将熙德和夫人的手亲吻。
这种种礼仪结束后,他们便走出府门,
向圣玛利亚教堂疾行。
堂赫罗尼莫主教迅速穿上法衣,
站立在教堂门口等候他们,
给他们唱了弥撒,又祝他们万事如意。
　　两对夫妻走出教堂,迅速上马,
旋即奔向巴伦西亚的沙场,
见熙德和他的部下在舞刀弄枪①,
他们的武艺实在高强,
吉日良辰诞生的人三次换马上场。
熙德非常愉快地见到,
卡里翁两公子马骑得非常好。
他们同女眷们回到巴伦西亚城,
盛大的婚宴就在体面的城堡中举行。
次日熙德命人竖立七块木板②,
午饭前就全部被人打翻。
　　婚庆整整持续了十五天,
过了这个时间,宾客们开始辞行。
熙德·堂罗德里戈——吉日良辰诞生的人,
将一百多头牲口送给来宾,
其中有驯马、骡子,还有不少良驹,
此外,还有服装、皮衣和斗篷,

① 熙德和他的部下以比武表示庆贺。
② 象征七座城堡。

赠送的钱币数不清。
熙德手下的将官也学主人,
他们也向客人馈赠礼品。
谁想得到什么,愿望总能满足,
参加婚礼者回到卡斯蒂利亚都成富人。
来客们开始离城,
他们向鲁伊·地亚斯——吉日良辰诞生的人,
还有女眷及绅士们辞行;
他们对熙德和他的部属们感激万分,
众口一词称赞他们。
堂贡萨洛伯爵的儿子们——
迭哥和费尔南多也其乐融融。
　　宾客们纷纷回卡斯蒂利亚,
熙德和他的女婿们则留在巴伦西亚城。
两公子在那里住了两年光景,
受到的款待无比周到,一片盛情,
熙德和他的随从们异常欢欣。
但愿圣母玛利亚和圣父保佑,
让熙德和认为这是桩美满婚姻的人① 都十分称心。
　　这首歌的吟唱就到此为止,
愿主和圣徒们保佑你们。

① 这儿指阿方索国王。

第 三 歌

科尔佩斯橡树林中的暴行

一一二

熙德的狮子出笼。卡里翁两公子的恐惧。熙德制伏狮子。两公子感到羞耻。

熙德和他的部属们还在巴伦西亚城，
他的两个女婿——卡里翁两公子也在身边。
有一天熙德坐在椅子上打了一个盹，
诸位须知，这时却发生了一件令人魂飞魄散的事情：
狮子出了笼。
在场的人陷入一片惊恐。
坎佩亚多尔的随从们赶紧扯起他们的斗篷，
团团围住他们主人的座椅。
卡里翁的公子费尔南多·冈萨雷斯不知去何处躲避，
他找不到敞开的房间或塔楼，
惊慌失措地钻到椅子下面保命。
迭哥·冈萨雷斯则夺门逃遁，
高呼：“我再也见不到卡里翁！”
一出门就躲在作坊的柱子旁，全身颤抖不停，
弄得长袍和披风污秽不堪。

　　这时，吉日良辰诞生的人突然惊醒，
见将士们将他的座椅团团围困，
“怎么一回事，卫士们？刚才是什么响声？”
“啊，光荣的主人，是出笼的狮子吓了我们。”
熙德用肘部一撑，立即站起身，
身上还穿着斗篷，急速向狮子靠近。
狮子一见熙德，显得异常吃惊，
旋即俯首帖耳，装作十分驯顺。
熙德·堂罗德里戈抓住它的脖颈，
右手用力朝前一推，狮子又进了笼。
在场的人见了都瞠目结舌，
怀着敬佩的心情进了府门。
　　熙德寻找他的女婿，却不见他们踪影，
随即四处寻呼，却没有一人答应。
后来终于发现他们，两人吓得脸如白纸，
府上的人对他们好一阵讥讽，
最后熙德不得不对此明令禁止。
卡里翁两公子感到无地自容，
对发生的事感到羞惭不堪。

一一三

摩洛哥国王布卡尔进攻巴伦西亚。

　　正当两公子为那件事自怨自艾，
摩洛哥军队已将巴伦西亚包围。

瓜尔托田野里驻满了军队，
光是营帐就有五千顶。
也许诸位听说过，这支军队的指挥官是布卡尔国王。

一一四

两公子害怕出战。熙德教训他们。

熙德和他的部下们闻讯十分高兴，
感谢上帝，他们的财物定将大增。
然而，诸位须知，这事可苦了两公子，
见摩尔人这么多帐篷他们就心里发怵。
兄弟俩在僻静处窃窃私议：
“这次婚事只想到好处，没想到会吃大亏，
这场战事看来我们也得卷入，
也许我们再也见不到卡里翁，
熙德的两个女儿将成为孀妇。”
他们这番密谈都被穆尼奥·古斯蒂奥斯听见，
他立即来到坎佩亚多尔身边：
“您这两个女婿实在太‘勇敢’，
他们不想打仗，却只想回卡里翁故乡。
上帝保佑您，快去安慰他俩，
他们可以留在家里，不用去血战疆场。
有主的保佑，我们跟着您定能打赢这一仗。”
熙德笑吟吟地出来对两公子讲：
“卡里翁公子们，我的女婿，愿主保佑，

我的女儿是你们的妻子——她们纯洁如太阳，
你们想回卡里翁，我却在想打仗。
你们就留在家中，尽情吃喝游逛，
摩尔人就让我去对付他们，
有上帝帮助，这一仗我一定能打赢。”

一一五

布卡尔的口信。基督徒发起猛攻。费尔南多公子的胆怯[①]。佩德罗·贝尔穆德斯的慷慨。

熙德与卡里翁两公子这样交谈的时候，布卡尔国王派人告诉熙德，让他悄然离开巴伦西亚，将这座城市让给布卡尔国王；否则，熙德将为自己过去做的一切付出代价。熙德对带口信的人说：“你回去对布卡尔这混蛋说，三天之内我将把他要求得到的给他。”

翌日，熙德命令全体将士披挂整齐向摩洛哥人出击。卡里翁两公子要求让他们打头阵。熙德整理好队伍后，两公子之一的堂费尔南多便冲向敌阵，打算与一个叫阿拉特拉夫的摩尔人交锋。那摩尔人见他朝自己冲过来，便拍马迎战。公子害怕了，迅即掉转马头，落荒而逃，根本不敢

① 彼尔·阿巴德的手抄本这儿漏掉 50 行诗，由《二十国王编年史》加以补足。

交战。

在公子一边的佩德罗·贝尔穆德斯见状，立即向前与摩尔人交战，并将他杀死。他夺过摩尔人的马，并赶上逃跑了的公子，说："堂费尔南多，这马给您，您回去对众人说，您杀了那摩尔人——这马的主人，我为您做证。"

公子对堂佩德罗·贝尔穆德斯说："我非常感谢您刚才说的这番话；
但愿有朝一日我能对您加倍报偿。"
于是，他们一起驰回营寨。
费尔南多大吹大擂，堂佩德罗证明是真，
熙德和他的部属听了，非常高兴。
熙德说："蒙天父施恩，
我两个女婿在战场上会成为英雄。"

他们说着话就走近了摩尔人的兵营，
耳中只听见敌军中战鼓齐鸣。
许多基督徒感到十分吃惊，
因为他们都是新兵，从来没有听见过战鼓声。
迭哥和费尔南多听了恐慌万分，
如按他们心愿，早已溜之大吉。
诸位请听吉日良辰诞生的人说些什么：
"佩德罗·贝尔穆德斯，我亲爱的侄子，
您要替我照看好迭哥和费尔南多，
他俩都是我最亲爱的人。
有上帝帮助，摩尔人决不能将我们战胜。"

一一六

佩德罗·贝尔穆德斯不愿照应两公子。米纳雅和堂赫罗尼莫要求充当先锋。

“熙德请听我说,我请您原谅,
请不要让我去照应两公子,
谁愿照应,就请谁干,两公子的事我不感兴趣。
我愿跟我的手下人去打头阵,
您可率部下坚守后营,
我如遇险,请发兵接应。”
米纳雅·阿尔瓦尔·发涅斯接着发言:
“熙德,忠诚的坎佩亚多尔,听我说,
这一仗主一定会做出安排,
主和您在一起,定会帮忙。
请快下命令,我们该从哪一方位发起进攻,
每一个将士定会完成自己的使命,
靠主的保佑,托您的洪福,胜利一定属于我们。”
熙德说:“请别着急,稍等一等。”
这时,全身披挂的堂赫罗尼莫主教已走近,
他在走运的熙德面前站定:
“今天我已为您做了圣三位一体弥撒。
我离开故土,前来向您投奔,
目的是想将摩尔人杀尽;

为了让我的武器和我的神职享有荣誉，
我想在这次战斗中打头阵。
我在枪旗上画有一只狍子作为标记，
如果主允许，我想试一试自己的武器，
让自己的夙愿得到满足，
也让您熙德对我的作为感到满意。
如果您不让我去冲锋陷阵，我就只好离开您。”
熙德回答说：“您要求去冲锋我很高兴，
摩尔人就在眼前，您可以对他们发起进攻，
我们就在这儿观看主教与敌人交锋。”

一一七

主教打头阵。熙德发起进攻，攻入摩尔人的营寨。

堂赫罗尼莫开始发起进击，
他一下子攻进了摩尔人的营地，
靠主的保佑和自己的运气，
一交锋就刺死了两个摩尔士兵。
他的枪杆折断，伸手拔出佩剑，
主教的英雄气概实在令人称羡。
刚才用枪刺死两人，这次又用剑砍杀五名。
许许多多摩尔人将他围困，
他们对他猛砍猛刺，却难以伤害他毫分。
吉日良辰诞生的人目不转睛注视着他，

他一手绰枪，一手拿盾牌护胸，
踢刺一下他的骏马“巴维埃卡”，
对摩尔人立即发起猛冲。
坎佩亚多尔冲进敌人前卫阵地，
刺倒了七人，刺死了四名，
与摩尔人的这一仗开始获胜。
熙德率领他的部下乘胜追击敌人，
拔了许多营桩，扯断了许多麻绳，
倒在地上精雕细刻的营柱也多得数不清，
熙德的将士终于把布卡尔的人逐出兵营。

一一八

基督徒们追歼逃敌。熙德赶上并杀死了布卡尔。熙德缴获“蒂松”剑。

熙德将敌军赶出营帐，随后又紧追不舍，
多少条穿着甲胄的胳臂被砍落在地，
多少只戴着头盔的头颅在地上翻滚，
失去骑马人的马四处狂奔，
这次追击的路程总共有七英里整。
熙德追上了布卡尔，大声地叫喊道：
“来自大海另一边的布卡尔，快回过头，
我就是美髯公熙德，
我们下马来握握手，谈谈友情。”
布卡尔回答说：“谈什么友情，胡言乱语！

你手中握剑，我还见你踢马向前冲，
看样子你准是想跟我决个雌雄，
只要我的马不失前蹄，或者说，只要我不跌倒在地，
你要追上我只能追到大海里。”
熙德说：“这我就不相信。”
布卡尔骑的是匹好马，日行千里，
可熙德的“巴维埃卡”却跑得更快疾，
离大海三寻[1]，熙德的马赶上了敌骑。
熙德举起“科拉达”剑，猛地往下劈，
将他头盔上的几颗红宝石砍落在地，
砍碎了头盔，劈开了他的脑袋，
从上到下一直劈到了他的腰际。
熙德杀死了从大海那边过来的布卡尔，
还将价值一千金马克的“蒂松”剑缴获。
熙德赢得了这场大战，
这使他和他的全体部下赢得了荣誉。

一一九

熙德的军队胜利回营。熙德对两女婿很满意。两公子感到羞耻。缴获许多战利品。

众人带着战利品回到大营，

---

[1] 1西班牙寻合1.67米。

诸位须知,行前他们早已将敌营劫掠一空。
众将士和吉日良辰诞生的人一起回到帐篷,
熙德·鲁伊·地亚斯——声名显赫的坎佩亚多尔,
随身带回他异常珍惜的利剑两柄。
他路过战场回营,动作异常疾迅。
熙德头戴束发帽,束着往脸庞披的头发,
斗篷上的风帽掀落在后背,
众将士从四面八方向他集中。
他举目四望,内心无比欢愉;
突然他目光朝向前视,
见到迭哥和费尔南多两公子——
他俩都是堂贡萨洛伯爵的儿子。
熙德一见,脸上立即绽开了笑容:
“你们来了,我的女婿,我的亲人,
我知道你们这一仗打得挺高兴,
我们打败了布卡尔国王的好消息,
将很快地在卡里翁传遍。
我信赖上帝和各个圣徒,
我们这次胜利定会使全体将士欢欣鼓舞。”
这时,米纳雅·阿尔瓦尔·发涅斯来到,
他脖子上悬挂着让刀枪砍刺得千疮百孔的一面盾。
尽管敌人对他猛刺猛砍,
他却始终安然无恙。
他亲手杀戮了二十个摩尔人,
因此他肘部以下鲜血淋淋。
“感谢高居天庭的主,
也多亏您——吉日良辰诞生的人,
是您杀死了布卡尔,我们才在战争中获胜,

战争中的全部缴获都属于您和您的随从。
您的两个女婿在战争中出类拔萃,
在与摩尔人作战中堪称英雄。”
熙德说:“他们的表现使我很高兴,
如果说,眼下他们是英雄,将来定会出大名。”
熙德说时一片真心,女婿们却以为在揶揄他们。
　　战利品全都运到了巴伦西亚城,
熙德和他的部下们一片欢腾。
每一份额的价值是六百银马克,
　　熙德的两个女婿也分到了自己应得的那一部分。
拿到了自己这一份后,他们思忖,
这往后的日子他们再也不会贫困。
巴伦西亚人都华服锦衣,
他们不但穿得好,吃的也都是佳肴美味,
熙德和他手下人都万分欣喜。

一二〇

熙德获胜很高兴。他对女婿们很满意。(重复)

熙德杀了布卡尔,赢得了那场战争,
坎佩亚多尔和他的随从热烈欢庆,
熙德抬一抬手,捋一捋胡须,把话讲明:
“感谢基督,宇宙的主宰,
今天我多年的愿望变成了现实!

我的两个女婿和我一起血战疆场，
他们的好消息一定会传到卡里翁，
不但他们有了好名声，我们也无上光荣。”

一二一

分战利品。

众人都分到了许许多多战利品，
他们原本已很富有，这次又得到了很大的一份。
熙德——吉日良辰诞生的人下令：
每人得到应得的一份，
但不要忘记那“五分之一”交给他本人。
大家都愉快地听从熙德的号令。
在他“五分之一”那一部分，有马六百匹整，
还有骡子和骆驼，
数量多得难以数清。

一二二

熙德获得无上的荣誉。他想统治摩洛哥[①]。熙德官邸中富有而荣耀的两公子。

熙德获得了众多财物。他说：
“感谢上帝——宇宙之主，
过去我贫困，现在已变富，
我已有金钱、土地、黄金和庄园。
我的女婿是卡里翁的公子。
有主的保佑，我在战斗中获胜，
摩尔人都惧怕我们，
在摩洛哥——伊斯兰教徒的土地，
人们害怕我在某一夜晚会对他们发动袭击。
他们无比忧虑，其实我并没有这种打算，
我不会去进行挑衅，我要待在巴伦西亚城。
有了主的帮助，摩洛哥人要向我缴纳贡品，
或者缴给我，或者缴给我指定的人。”
熙德·坎佩亚多尔的许多伙伴和随从，
经过流血拼命获得了全胜，
到处洋溢着欢乐的气氛。
熙德的两个女婿也同样很开心，

① 指摩洛哥人聚居的某地，并非确指今日的摩洛哥王国。

因为他俩分得了五千马克的战利品，
在许多人的眼中，他们已成为富人。
他们与其他的将士来到了官邸，
见堂赫罗尼莫主教和熙德在一起，
还有勇敢的骑士米纳雅·发涅斯，
以及在坎佩亚多尔家中做食客的不少骑士。
卡里翁两公子一进府门，
米纳雅便代表熙德出迎：
“妹夫①，你们来了，我们为你们而感到无比光荣。”
见两公子到来，熙德也高兴地说：
“我的女婿，我贤良的妻子，
还有两个女儿都在这里，
我愿她们拥抱你们，全心全意地侍奉你们。
感谢圣母玛利亚——主的母亲，
你们的婚姻既给你们带来了荣誉，
也在卡里翁传诵你们的好名声。”

一二三

两公子居功自傲。他们受到众人的讥讽。

费尔南多公子听了，说道：
“感谢上帝，也感谢您——光荣的熙德，

① 米纳雅是熙德的侄子，也是他两个女儿的堂兄。

我们获得的财富已无法估计，
依靠您，我们也获得了荣誉。
我们在战场上打赢了摩尔人，
将背信弃义的布卡尔国王杀死。
现在请你忙其他的事，我们的事全都安排就绪。”
熙德手下的人们听了觉得可笑，纷纷议论：
有些人作战英勇，有些人追击逃敌时功勋卓著，
可是，在战场上谁见到了迭哥和费尔南多？
这样的冷嘲热讽随处可闻，
弄得两公子无地自容，
脑子里就生出一条毒计。
兄弟俩躲到一边密谋策划，
他们究竟说些什么，我们没有亲耳聆听：
“我们回卡里翁去吧，因为在巴伦西亚已待得很久，
论财产我们已十分富有，
让我们花一辈子也完全够。”

一二四

两公子决定羞辱熙德的女儿们。他们请熙德同意带妻子回卡里翁。熙德同意。熙德给女儿嫁妆。两公子准备启程。女儿们向父亲告别。

“我们请熙德·坎佩亚多尔同意将妻子带走，
就对他说要带她们上卡里翁庄园逛逛，

让她们知道自家的产业在什么地方。
我们趁众人还没有利用狮子的事对我们进行讥讽，
就让她们离开巴伦西亚城，离开她们的父亲，
在路上，我们就可以对她们羞辱欺凌。
我们本是卡里翁公爵的后代，出身名门，
在这儿积累的财富已价值连城，
要让坎佩亚多尔的女儿的脸丢尽。”
“凭我们拥有的财产已属富人，
我俩又是卡里翁伯爵的子孙，
完全可以找个皇帝或国王的女儿结亲。”
“对，趁人们还没有拿狮子的事对我们讥讽，
我们就对熙德的女儿进行侮辱和嘲弄。”
　　他俩商议停当，便又回到了官邸。
费尔南多·冈萨雷斯向熙德·坎佩亚多尔说明：
“愿上帝保佑您，熙德·坎佩亚多尔，
我们首先请求您，还有堂娜·希梅娜，
也请求米纳雅和所有在场的人，
请准许我们带走合法的妻子，
让她们去看看我们在卡里翁的田地，
以便将来成为这些土地的女主人；
也让她们看看我们有些什么财产，
可以让她们的子女来继承。”
　　熙德·坎佩亚多尔并没有想到这是一条毒计：
“我不但让你们带走女儿，还要给你们送礼。
你们要给她们卡里翁的农庄和土地，
我要送给你们三千马克作为嫁资，
还要给你们膘肥体壮的骡子和驯马、
日行千里的骏马和许许多多的服装——

面料都是绸缎和呢绒。
我还送给你们‘科拉达’和‘蒂松’剑两柄,
我如何拼死缴获它们,你们一定都已知情。
我将女儿许配给你们,你们就是我的孩子,
你们带走了她们,犹如带走了我的心。
让加利西亚、卡斯蒂利亚和莱昂的人全都知晓,
我送给两个女婿多少财宝。
你们要将我的女儿——你们的妻室照顾好,
这点如能做到,我将对你们进行厚报。”
卡里翁两公子对熙德的要求全都答应,
于是,坎佩亚多尔便将女儿交给了他们,
他们还接受了熙德给他们的馈赠。
　　得到这么多礼品,两公子异常欢欣,
立即命令雇牲口驮运。
巴伦西亚城一片热气腾腾,
许多人手持武器,上了坐骑,
前来欢送将去卡里翁的熙德的女儿;
　　堂娜·埃尔维拉和堂娜·索尔姐妹俩,
临行前向亲人们一一辞行。
她们双膝跪在坎佩亚多尔的面前:
“父亲,愿上帝保佑您,我们求您赐福。
您和母亲生养了我们,
现请两位大人听分明,
你们要我们去卡里翁,
我们一定听从双亲之命。
我们只有一个请求:
请派几名使者跟我们到卡里翁。”
熙德拥抱了她们,并对她们亲吻。

一二五

希梅娜送别女儿。熙德上马送别启程的人。凶兆。

熙德吻别后,母亲一而再,再而三地吻她们:
“孩子们,从今后你们离开了双亲,
但我和你们的父亲总记挂着你们。
上卡里翁去吧,那儿有你们的产业和田庄,
我觉得你们这门亲事结得很好。”
她们吻了双亲的手,
还接受了他们的祝福。
熙德和他的随从骑马往前行,
他们都身穿华服锦衣,还带着武器。
两公子告别了众夫人和伙伴们,
便离开了明亮的巴伦西亚城。
到了巴伦西亚的果园区,众人便舞动兵器,
熙德和随从都十分满意。
但吉日良辰佩上剑的人这时突然见到了凶兆,
他发现女儿的婚事有些不妙,
但女儿已出嫁,好马不吃回头草。

一二六

熙德派费莱斯·穆涅斯随女儿同行。告别。熙德回到巴伦西亚。行路人到达莫利纳。阿本加尔邦陪他们去梅迪纳塞利。两公子试图杀害阿本加尔邦。

　　“费莱斯·穆涅斯,我的侄子,你在何处?
你是我女儿的堂兄,很爱她们,
我派你随她们去卡里翁,
亲眼看看赐给她们的产业和田庄,
回来时,再向我详细讲述那儿的情况。”
费莱斯·穆涅斯说:“我很愿意前往。”
　　米纳雅·阿尔瓦尔·发涅斯走近说:
“熙德,我们这就回巴伦西亚城,
如果上帝愿意,
往后您可以上卡里翁去看望他们。”
“堂娜·埃尔维拉和堂娜·索尔,愿主对你们多照应,
望你们的一切举止言行给我们带来欢欣。”
女婿们代为答应:“愿您说的全变成现实。”
离别依依,凄苦万分,
父女们哭得十分伤心,
熙德的随行人员也珠泪纷纷。
　　“费莱斯·穆涅斯侄子听令,
你们要先到莫利纳城,并在那儿宿营,

要代我向摩尔朋友阿本加尔邦问候致意，
并请他很好地接待我的两个女婿；
还要告诉他我已送女儿们去卡里翁，
请他对她们多多关心照顾，
2640 再请他凭我与他的友谊，陪送她们到梅迪纳塞利。
他为我女儿做的一切，我一定会一一报偿。”
父女分别就像指甲从手指上拔出一样沉痛。
　　吉日良辰诞生的人回到了巴伦西亚城，
卡里翁的两公子也开始自己的旅程，
2645 到了阿尔巴拉辛他们宿了营；
随后两公子又策马兼程，
来到阿本加尔邦治理下的莫利纳城。
获悉他们到了，这摩尔人异常高兴，
带了一大帮人出来相迎，
2650 对他们的招待非常热情。
次日清晨，阿本加尔邦上马与他们偕行，
并派了两百名骑兵护送。
他们翻越了一座大山，它叫卢松，
然后过了阿尔布胡埃洛，直到哈隆，
在安萨雷拉宿下了营。
2654 那摩尔人向熙德的女儿赠送了礼品，
还向卡里翁两公子赠送了好马各一匹。
2658 摩尔人这么慷慨，都是为了熙德的友情。
　　两公子见摩尔人带着那么多财物，
2660 立即生出一条毒计：
“我们原本已打算将熙德的女儿抛弃，
这会儿如将阿本加尔邦杀死，
那么，他的财富就会落到我们手中。

我们会细心藏好他的财宝，
就像藏卡里翁的财物一样牢靠，
熙德从我们的手里什么也捞不到。”
正当两公子如此这般将计谋商定，
一个懂西班牙语的摩尔人在一旁听得分明，
他赶忙将这毒计告诉了阿本加尔邦本人：
“总督，您是我的主人，我要告诉您真情，
对卡里翁两公子可得当心，
我听见他们要对您谋财害命。”

一二七

告别时，阿本加尔邦对两公子进行警告。

阿本加尔邦是个年轻的摩尔人，
他跨上了坐骑，亲率骑兵两百名，
舞动兵器，来到两公子面前站定，
他说出了下面的话，使两公子不高兴：
“要不是看在熙德·坎佩亚多尔的面上，
我一定要严惩你们，毫不原谅，
随后我再将熙德的女儿送回他的身旁，
而你们却永远回不了卡里翁的家乡。

一二八

阿本加尔邦回到莫利纳，他预感到熙德的女儿会遭到不幸。行路人进入卡斯蒂利亚王国。他们在科尔佩斯橡树林过夜。清晨，两公子和他们的妻子单独留下，他们准备羞辱她们。堂娜·索尔徒劳的恳求。两公子的残忍。

“告诉我，卡里翁公子，我有什么地方惹了你们？
我真心对待你们，你们却要对我下毒手！
我与你们这两个背信弃义的坏人立即各奔东西。
堂娜·埃尔维拉、堂娜·索尔，我就要告辞，
卡里翁这两位公子往后的事我无法关注，
一切听从上帝——宇宙之主的安排，
愿坎佩亚多尔对女儿的婚事感到满意。”
说完这番话，摩尔人转身回归，
他舞动着武器涉水过了哈隆河，
回到了莫利纳——他这样做非常理智。
卡里翁两公子离开了安萨雷拉城，
随即快马加鞭日夜兼程，
越过了米埃德斯山，
从左边绕过了阿蒂恩萨城堡，
又狠狠地踢一踢马，飞越了克拉罗斯山，
将阿拉莫斯曾居住过的格里萨村抛到左边，

阿拉莫斯曾将埃尔法囚禁在那山洞里。
右边不远处是圣埃斯特万。
随后，卡里翁两公子进入科尔佩斯橡树林，
那儿都是参天大树，树枝都快触到了云层，
野兽出没，结队成群。
他们找到了一片有清澈泉水的草地，
卡里翁两公子便下令在那儿将帐篷搭起，
众人便在那里宿夜休息。
两公子将妻子搂在怀里，向她们表示深情厚谊，
然而到次日天明，他们的行为真是伤天害理。
　　他们下令将携带的大宗财物装上骡马，
又将昨夜宿营的帐篷收起，
并命家丁提前启程，
除了他们的妻子堂娜·埃尔维拉和堂娜·索尔外，
后面不留一人——不论男子还是女人，
这就是两公子下的命令。
他们是想凌辱妻子，却又无人做证。
　　所有的随从全都离开，只留下两对夫妻四个人。
卡里翁两公子的计谋真够凶狠：
"堂娜·埃尔维拉和堂娜·索尔，你们听分明，
你们要在这深山老林受到严惩，
我们要丢下你们立即启程，
卡里翁的庄园产业压根儿没有你们一份。
这儿发生的事定会传到熙德那里，
也就替我们在狮子事件中受的屈辱报了仇泄了愤。"
　　他们脱下了她们的斗篷和皮袄，
全身只剩下衬衫和紧身衣。
两个忘恩负义之徒皮靴里藏着踢马刺，

一根又坚又韧的马肚带拿在手里。
他们的妻子见到这情景，堂娜·索尔启了齿：
“堂迭哥、堂费尔南多，以主的名义，我们请求你们，
你们有利剑两柄，
一名‘科拉达’，一名‘蒂松’。
你们砍下我们的头颅，我们就成为牺牲品。
那时人们就会议论，
我们没有过错，不应该在你们剑下丧生。
奉劝你们不要对我们进行欺凌，
如果鞭打我们，你们就毁坏了自己的名声，
还会被传唤到法庭候审。”
　　夫人的这番恳求丝毫也没有起作用，
因为两公子接着就毒打她们：
他们先用马肚带猛抽，
随后又用马刺朝身上最疼痛的部位刺进，
刺穿了内衣，扎进了皮层，
她们鲜血淋淋，紧身衣被血浸透，
然而最感到疼痛的还是她们的内心。
天哪，她们乞求苍天，让熙德在这时出现，
真有这样的奇迹令人感叹。
　　两公子打得她们失去知觉，
衬衣和紧身衣全都让鲜血染红。
他们使尽力气，直往死里抽打，
一直打到精疲力竭。
堂娜·埃尔维拉和堂娜·索尔已停止呼叫，
两公子以为她们已死，才将她们遗弃在橡树林里。

一二九

两公子抛弃妻子。

两公子拿走了她们的披风和貂皮上衣，
她们只穿着衬衣和紧身衣，早已昏迷在地，
会让山上的猛禽和野兽吃进肚里充饥。
诸位须知，两公子认为她们已死，没有将她们当活人抛弃。
这时如果熙德能来，该是多大的奇迹！

一三〇

两公子对自己的卑劣行径自吹自擂。

两公子见她们已不再叫喊，不再呻吟，
以为她们没了命，便扬长而去。
在山林中他们边走边谈，对自己刚才的行为一味赞赏：
“这桩倒霉的婚事我们终于消了气，
要不是来求我们，她们就是当情妇我们也不理，
想当我们合法妻子，她们家的门第实在太低，

为狮子的事我们丢了脸，这次总算雪了耻。”

一三一

费莱斯·穆涅斯对两公子的行动产生怀疑。他回去寻找熙德的女儿。他救醒她们，并用自己的马将她们驮到圣埃斯特万-戈马斯。熙德名声遭到玷污的消息传到他的耳中。米纳雅去圣埃斯特万接熙德的女儿们。米纳雅与堂妹们见面。

两公子边走边谈，孤芳自赏。
现在再将费莱斯·穆涅斯的情况谈一谈，
他是熙德·坎佩亚多尔的侄子。
两公子命他走在前面，他心里很不情愿，
半道上他突然有了预感，
便离开大队人马，走到一边，
接着钻进茂密的树林中间，
等待两堂妹走过他身边，
并想看看两公子究竟想干什么。
见他们在一旁出现，还听到他们在进行交谈，
两公子对他的行踪却没有发现。
诸位须知，一旦让他们发现，他的性命就会完蛋。
见两公子策马飞奔向前，
费莱斯·穆涅斯顺着他们的足迹往回返，

终于见到了两个堂妹,她们已昏迷不醒。
他立即下了马,“堂妹,堂妹”不停地高喊,
随即拴了马,走到了她俩的身边。
“堂娜·埃尔维拉、堂娜·索尔,我的堂妹,
卡里翁两公子实在心狠,
愿上帝狠狠地惩罚他们!”
穆涅斯得设法救醒她们,
她们昏迷得太深,一时难以救醒。
穆涅斯难过得如利箭穿心。
他高喊:“堂娜·埃尔维拉堂妹,堂娜·索尔堂妹!
堂妹,愿主保佑,快醒醒,
黑夜就要降临,
再不醒来,山上的野兽就会来吞食我们!”
堂娜·埃尔维拉和堂娜·索尔终于慢慢苏醒,
她们张开眼睛,见到了自己的亲人。
“堂妹们,快振作精神,
因为卡里翁两公子一发现我不在,
他们就会立即前来找寻,
一旦被他们发现,我们都会送命。”
堂娜·索尔异常痛苦地说道:
“堂兄,愿我们的父亲——坎佩亚多尔报答你的恩情,
主保佑你,快给点水喝吧!”
费莱斯·穆涅斯摘下头上的帽子,
他第一次戴,这帽子还是全新,
他拿帽子舀了水,送给堂妹们。
她们浑身伤痛,饱饮了甘泉,身上有了点劲。
　　费莱斯一个劲儿鼓励她们,让她们振作精神,
终于使她们从地上欠起了身;

随后又将她们从地上扶起来,
将她俩一一抱上了他的马背,
又用他的斗篷将她俩的身躯遮盖,
他牵着缰绳,终于离开了那里。
堂兄妹三人穿行于科尔佩斯橡树林,
离开那里时夜幕已快降临,
不久他们就到了杜罗河滨。
费莱斯将堂妹俩留在堂娜乌拉卡城堡[①]内,
自己朝圣埃斯特万前进。
在那里,他遇到了迭哥·特耶斯——发涅斯的手下。
迭哥获悉真情,感到无比痛心,
他随即准备了马匹和华服锦衣,
前去迎接堂娜·埃尔维拉和堂娜·索尔,
将她们接到了圣埃斯特万城里,
一路上对她们恭恭敬敬,热情侍奉。
圣埃斯特万人心地纯正,
他们知道了发生的事情,心里感到非常沉痛,
招待熙德的女儿非常殷勤,
她们在那儿一直待到治愈伤病。
　　同时卡里翁两公子对自己的劣迹仍大吹大擂,
弄得周围那一带全知道真情。
堂阿方索国王获悉遗憾万分。
消息也传到了巴伦西亚城,
熙德·坎佩亚多尔听到后,
沉思了许久,
随后抬手捋了捋胡须:

① 位于杜罗河畔,全名是拉托雷-堂娜乌拉卡城堡。

“基督——宇宙之主，光荣归于你。
卡里翁两公子居然这么对待我，
我这把胡须谁也没有拔过[①]，
他们也休想让我蒙受耻辱。
我这两个女儿将来可以嫁给比他们更好的丈夫。”
熙德十分气愤，府里的人也愤愤不平，
阿尔瓦尔·发涅斯更是义愤填膺。
米纳雅和佩德罗·贝尔穆德斯骑上马，
同行的还有布尔戈斯人马丁·安托利纳斯，
他们带领熙德挑选的两百名将士，
奉坎佩亚多尔的将令日夜兼程，
要将他的两个女儿接回巴伦西亚城。
他们为了执行熙德的将令，
快马加鞭一分一秒也不滞停。
到了戈马斯[②] ——那是一座坚固的城堡，
当晚就在那儿宿了营。
消息传到了圣埃斯特万：
米纳雅已带人来接他的堂妹们。
圣埃斯特万的民众都是善心人，
他们欢迎米纳雅和他手下人的光临，
当晚还拿出面包、酒和谷物给他们做贡品。
米纳雅没有接受，但他感激万分：
“谢谢，善良的圣埃斯特万人，
感谢你们在患难中伸出手来相助，
熙德在他所在的地方也对你们感恩。

① 意思是谁也没有侮辱过熙德。
② 位于杜罗河畔。

我在这里以他的名义向你们表示谢忱，
天上的主会做出安排，让你们得到应得的报偿。”
众人听了米纳雅的话，既感激又兴奋，
当天夜里就在那里宿营。
米纳雅去堂妹所在地看望她们，
堂娜·埃尔维拉和堂娜·索尔见了，紧盯着他，说：
“我们非常感谢你，见了你就像见了上帝，
感谢主，因为我们还活在这世上；
对于我们遭到的不幸，
到了巴伦西亚城，我们会向你原原本本全部讲清。”

一三二

米纳雅和他的堂妹们离开圣埃斯特万。熙德出门迎接他们。

姐妹俩哭得像个泪人，
阿尔瓦尔·发涅斯和佩德罗·贝尔穆德斯安慰她们：
“堂娜·埃尔维拉，堂娜·索尔，请别伤心，
眼下你们已康复，无伤无病，
今天虽断了这门高亲，明天可以与更好的家庭联姻。
你们遭到的冤屈，将来总有一天会替你们申雪。
人们转悲为喜，那天夜里就在那里就寝。
次日清晨，他们便启程回巴伦西亚城。
圣埃斯特万人都出来送行，
一路上说说笑笑，一直送到阿莫尔河附近，

在那儿与来宾告别回到了家中。
米纳雅和两位夫人继续前进。
他们经过阿尔科塞瓦[1],将戈马斯丢在右方,
随后又在名叫巴多雷伊的渡口过了河,
当夜就在贝尔朗加[2] 镇宿营。
次日黎明他们又启程,
晚上就歇宿在梅迪纳塞利。
从梅迪纳塞利到莫利纳又花了一天时间,
摩尔人阿本加尔邦见到他们异常高兴,
欢欢喜喜出城迎接他们,
由于和熙德的友谊设晚宴招待来宾。
离开莫利纳他们便直奔巴伦西亚城。
　　吉日良辰诞生的人听到女儿回来的消息,
迅即上马出城相迎,
边走边舞动兵器,显得非常兴奋,
见到了女儿,他就迎上去拥抱、亲吻,
脸带亲切的微笑,把话讲明:
"我的孩子们,你们回来了,愿主保佑你们消灾去病。
当初我不敢反对,不得已接受了这门姻亲,
请在天上的主保佑你们,
将来能嫁给更好的如意郎君,
往后我也一定要找那两个卡里翁女婿报仇雪恨!"
女儿们拿父亲的手吻了吻,
众人便舞动兵器进了城。
母亲堂娜·希梅娜见到女儿喜不自胜。

---

① 位于杜罗河的拐弯处。
② 杜罗河左边一小镇。

吉日良辰诞生的人分秒必争，
他立即跟手下的人私下商议，
并迅速修书一封，派人送给堂阿方索国君。

一三三

熙德派穆尼奥·古斯蒂奥斯去见国王，要求伸张正义。穆尼奥在萨哈贡遇见国王，并呈上熙德的信。国王答应为熙德伸张正义。

“您在哪里，我的好部下穆尼奥·古斯蒂奥斯，
我于吉日良辰在府里收养了你，
我想请你去卡斯蒂利亚，给阿方索国王送信，
并以我的名义衷心地向国王禀明：
我是他的臣民，他是我的国君，
卡里翁两公子对我的侮辱，
一定也会使这位明君感到痛心。
是他而不是我主婚将女儿嫁给两公子，
眼下他们既已对她们进行了欺凌，
对我固然是一种挑衅，
对我的主公也或多或少表示了不敬。
他们还携走了许许多多金银，
这又是对我侮辱的明证。
恳请国王将他们送交评议会或法庭进行审问；
我心里对他们满腔仇恨，

我有权要求对卡里翁两公子进行严惩。”
穆尼奥·古斯蒂奥斯迅即上马启程，
还有两名侍奉他的骑兵随行，
再加上熙德家的两名家丁作为侍从。
　　他们快马加鞭离开巴伦西亚城，
一路上马不停蹄连日连夜朝前奔，
在萨哈贡他们见到了堂阿方索国君。
堂阿方索是卡斯蒂利亚国王，也是莱昂的主公，
从阿斯图里亚斯到圣萨尔瓦多都归他统治，
他王国的版图一直到圣地亚哥，
连加利西亚的伯爵们都尊他为君。
穆尼奥·古斯蒂奥斯下了坐骑，
便默默祷告上帝，还向圣徒们躬身致意。
随后便缓缓走向国王所在地，
与他随行的是奉他为主人的两名骑兵。
　　他们一走进王府，
国王就见到了他们，并认出了穆尼奥·古斯蒂奥斯，
当即站起身对他们表示欢迎。
穆尼奥·古斯蒂奥斯在国王面前双膝跪地，
他吻阿方索的脚，并开口奏明：
“国王开恩，您是许多王国的国君，
坎佩亚多尔将您的手和脚亲吻，
您是他的主公，他是您的下臣。
他的女儿许配卡里翁两公子，是您主婚，
这门亲事原本非常体面——这也是您的本愿，
眼下您也明白荣誉已变成了耻辱，
因为卡里翁两公子欺侮了我们：
他们对熙德的女儿进行鞭笞，手段十分凶狠，

将她们剥光了衣服，打得鲜血淋淋，
随后就将她们遗弃在科尔佩斯橡树林，
想让山中的猛禽野兽吃掉她们。
眼下熙德的女儿已回到巴伦西亚城。
作为臣属，熙德将您的手亲吻，
并请求陛下将两公子传去评议会或御前法庭受审。
熙德受了辱，但陛下的名声也大大受损。
熙德恳请陛下对他多加怜悯，
并赋予他向卡里翁两公子要求赔偿损失的权利。”
国王听了，沉思良久后才开了口：
“这件事的确使我非常痛心，
穆尼奥·古斯蒂奥斯，您说得有理，
熙德女儿嫁给两公子是我做的主，
我原以为这门亲事对双方都有利，
谁知眼下的结局成了这个样子。
我和熙德一样感到十分痛心，
我一定要帮助他获得赔偿损失的权利。
我要派信使奔赴全国各地，
通知在托莱多[1] 召开御前法庭会议，
伯爵和贵族们都将出席。
我当初真没有想到事情会落到这般境地。
我同时也命令卡里翁两公子赴会，
并要让他们对熙德的要求做出答复。
劝熙德不必过于伤心，我一定为他伸张正义。

① 现为托莱多省的省会。

一三四

国王在托莱多召开御前法庭会议。

“请您告诉熙德——吉日良辰诞生的人，
请他做好准备，率领随从们，
七周后赴托莱多城。
出于对熙德的爱，我召集这次御前会议进行庭审。
请代我问候众人，他们闻讯定会很高兴。
尽管出了这样的事情，他们的尊严仍会得到维护。”
穆尼奥·古斯蒂奥斯与国王告辞，
返回巴伦西亚将情况向熙德告知。
卡斯蒂利亚国王阿方索说到做到，
他没有耽误时间一分一秒，
向莱昂、圣地亚哥发了谕旨，
还向葡萄牙人[①] 和加利西亚人，
以及卡里翁人和卡斯蒂利亚人传去王命，
通知他们前去参加在托莱多召开的御前会议，
七星期之内务必到齐，
违令不出席会议的人就不再是国王的大臣。
国王的谕旨不能违抗，
王国各地的臣民都在准备与会。

① 当时葡萄牙有一部分地区属加利西亚，受阿方索国王管辖。

一三五

卡里翁两公子妄图请求国王同意他们不参加御前会议。御前会议的召开。熙德最后一个到会。国王出迎。

卡里翁两公子忧心忡忡，
因为国王已通知在托莱多召开御前会议；
他们知道熙德将与会，不禁胆战心惊，
便同所有亲友商议应对的办法。
他们请求国王免去他们参加会议的义务。
国王回答说："这一点我坚决不答应。
熙德·坎佩亚多尔也将与会，
他遭到了欺凌，你们一定要赔偿损失，
你们如果不这样做，或不参加会议，
就立即离开王国，我永远不再见你们。"
眼见自己不得不出席会议，
卡里翁两公子又找亲友替自己拿主意。
堂加尔西亚伯爵是一直想加害熙德的死敌，
他也接到圣谕要参加御前会议，
他给卡里翁伯爵出谋献了一计。
会议期限已到，与会者已到达会议集中地，
堂阿方索国王属到会者中的第一批，
第一批到会的还有堂恩里克伯爵和堂拉蒙伯爵，

后者是贤明皇帝[①]的父亲，
此外还有堂弗鲁埃拉和堂比尔邦伯爵。
王国的许多法学家也参加了御前庭审，
他们在卡斯蒂利亚都享有盛名。
参加会议的还有堂加尔西亚伯爵、
阿尔瓦尔·地亚斯——他在奥卡执过政，
还有阿苏尔·冈萨雷斯[②]和贡萨洛·安索莱斯
以及佩德罗·安索莱斯。
出席会议的还有迭哥和费尔南多兄弟俩，
他们带来了党羽一大帮，
目的是想羞辱熙德·坎佩亚多尔。
　　与会的人已从王国各地赶来，
然而吉日良辰诞生的人却不见踪影，
为此国王生了气，没有好心情。
到了第五天，熙德·坎佩亚多尔才姗姗来迟，
他派阿尔瓦尔·发涅斯前来通知，
他即将于当天夜里到达，
还让发涅斯吻国王的手。
国王闻讯异常高兴，
迅速上马，带着大批随从走出宫门，
向吉日良辰诞生的人表示欢迎。
熙德和他的部下全都华服盛装，
随行人员个个都器宇轩昂。
熙德一见国王在前面出现，
立即下马，两脚落地，

① 指阿方索七世，他曾称帝。
② 卡里翁两公子的兄长。

准备向他的主公双膝下跪行大礼。
国王一见,立刻说道:
“看在圣依西多罗的分上,千万别这样!
熙德,快上马,否则我心里不欢畅。
上了马我们再行礼,互相致意。
您内心痛苦,我也感到难过,
愿主保佑,召开御前会议,为您伸张正义。”
熙德·坎佩亚多尔说:“阿门。”
说完,吻了国王的手和嘴。
“主公,感谢上帝,今天见到了您,
对主公您,对堂拉蒙伯爵、堂恩里克伯爵和所有在场的人,我在这里躬身致意。
愿主保佑我的朋友们,首先保佑我主公!
我妻子堂娜·希梅娜和我两个女儿将您的手亲吻,
她们希望国王对发生的事也感到痛心。”
国王回答说:“愿主保佑,我对此事确实感到伤心。”

一三六

熙德没有进入托莱多城。他在圣塞尔旺多[①]守夜。

国王准备回到托莱多,
熙德不想在当天夜里过塔霍河:

① 这是一座修道院,与托莱多城只隔一条塔霍河。

“国王陛下，愿主保佑您，
您先回托莱多，
今晚我就和随从们在圣塞尔旺多度过，
今天夜里我的部下们都将到达这里。
我就在这神圣的修道院里守夜。
明天大清早我进城，
午饭前我将到达御前法庭。”
国王说：“很好，您可以自行安排。”
　　阿方索便返回托莱多城，
熙德·鲁伊斯·地亚斯则留在圣塞尔旺多。
他命人点燃蜡烛将祭坛照明，
他打算在这神圣的地方守夜直到翌日清晨。
他想祈祷并与上帝独诉衷肠。
次日黎明，米纳雅和所有随从，
都做好了准备，要进托莱多城。

一三七

熙德在圣塞尔旺多做赴御前会议参加庭审的准备。熙德到达托莱多并进入御前法庭。国王给熙德让座，熙德婉拒。国王宣布御前法庭开庭并宣布当事人不得动武。熙德起诉，要求归还“科拉达”和“蒂松”两剑。卡里翁两公子交出上述两剑。熙德将它们分别赠给佩德罗·贝尔穆德斯和马丁·安托利

纳斯。熙德提出第二个要求。他女儿
的陪嫁费。两公子在赔偿方面有困难。

做过了晨祷,东方已微露曙光。
做完弥撒,天空中还没有出太阳。
熙德的人都向祭坛贡献了宝贵的祭品。
“米纳雅·阿尔瓦尔·发涅斯,你是我得力的助手,
你将随我同行,随行的还有以下几人:
主教堂赫罗尼莫和佩德罗·贝尔穆德斯,
穆尼奥·古斯蒂奥斯和好心的布尔戈斯人马丁·安托利纳斯,
还有阿瓦尔·阿瓦莱斯和阿瓦尔·萨尔瓦多莱斯,
以及生在好时光的马丁·穆尼奥斯
和我的侄子费莱斯·穆涅斯;
与我同行的还有法律专家马尔·安达
和善良的阿拉贡人加林多·加西亚;
最后我还要带上精兵一百名。
为了避免甲胄的摩擦,你们要穿上衬袍,
让外面穿的铠甲在阳光下闪耀,
铠甲外再穿一件紫貂毛的皮袄。
斗篷里面再藏一把柔韧锋利的钢刀,
服装外面的带子要系好,免得武器让他人见到。
我希望我们以这副装束上御前法庭,
我要在法庭上道出真情,伸张正义把冤申。
万一卡里翁两公子想对我进行挑衅,
我带有兵丁一百名,不会有丝毫惊恐。”
众人异口同声:“主公,我们一定服从将令。”
按照熙德的命令,准备工作立即进行。

吉日良辰诞生的人自己也不浪费时间一秒一分。
他脚穿一双细羊毛长袜，
外面再穿一双做工考究的靴子；
他穿的衬衣洁白得像太阳，
上面的扣子不是黄金便是白银制成；
扣子紧束衣袖，非常合身，
因为熙德就叫人做成这种式样。
衬衣外面是一件精美的丝绸长袍，
上面金线绣花，发出耀眼的闪光；
再外面是一件镶嵌金色条纹的红色皮袄，
这是熙德·坎佩亚多尔最中意的一件衣裳。
头上戴一顶用细布做的束发帽，
金丝镶边，紧紧地束住头发，
免得他的头发受到伤害。
他还用带子将自己的长胡须捆扎上，
这样做他都为了严加提防，不受损伤。
最外面熙德披了一件价值连城的斗篷，
谁见了都会对它连声赞赏。

熙德率领一百名早已披挂整齐的精兵，
上马离开圣塞尔旺多向前驰骋，
他就这样安排得妥妥帖帖地走向御前法庭。

走到门前熙德下了坐骑，
带着全体随行人员庄严地走进大门，
他本人走在中间，周围簇拥着一百名精兵。
见吉日良辰诞生的人走进大门，
堂阿方索国王立即站起身，
堂恩里克伯爵和堂拉蒙伯爵站立相迎，
御前法庭的其他人也都起立表示敬意。

众人对吉日良辰诞生的人都非常尊敬，
只是加尔西亚·奥多涅斯伯爵坐着不动，
卡里翁伯爵的那一伙人也不肯起立。
　　国王搀着熙德的手，对他说：
“坎佩亚多尔，快过来和我坐在一起，
就坐在您赠送给我的这把坐椅上，
尽管有些人不愿听，但我要说您确实了不起。”
熙德感谢贤明的国王堂阿方索，他说：
“您作为国君和主公，应该坐在您的椅子上，
我还是跟我的随从们坐在这一旁。”
熙德的话使国王非常欣喜。
于是，熙德便坐到另一把精美的坐椅上，
和他一起来的一百名精兵守卫在他的四周。
在场的人目光全都投向熙德身上，
看着他那用带子扎起的长髯，
他真是一位仪表非俗的男子汉，
羞得无地自容的两公子都不敢抬头一看。
　　这时，贤君堂阿方索起身致辞：
“各位大臣，听我说，愿主保佑你们。
自从我当上国王，我只召开过两次御前会议①：
一次在布尔戈斯，一次在卡里翁。
出于对熙德——吉日良辰诞生的人的厚爱，
这第三次会议在托莱多召开，
目的是让熙德向卡里翁两公子讨还公道。
在座各位已知道两公子对熙德的伤害，
这次御前法庭的法官由下列人员担任：

① 这儿是指作为庭审的御前会议，或称御前法庭。

堂恩里克伯爵和堂拉蒙伯爵,
还有其他不属于卡里翁一派的伯爵们,
你们都已了解案情,应该认真思忖,
做出判决应该公正,因为我对不公正的事不能容忍。
诉讼的双方应该保持和平。
我以圣依西多罗的名义起誓:谁扰乱法庭,
谁就得离开国境,并失去我的恩宠。
我总是支持有理这一方的人。
现在就请熙德·坎佩亚多尔提出要求,
随后再听听卡里翁两公子如何回答。”
　　熙德站起身,先吻了吻国王的手:
“非常感谢您,主公和国君,
特地为我召开这样的御前会议。
我现在对卡里翁两公子提出这样的要求:
他们抛弃我女儿不光是对我的羞辱,
我女儿的婚事是国王做的主,
您一定知道这件事该怎么处置。
当时他俩带我女儿离开巴伦西亚城,
我确实真心诚意地对待他们,
我赠送给他们‘科拉达’和‘蒂松’剑各一柄
(这两把剑都是我英勇作战从战场上夺来),
我是想让他们为陛下效力,为自己争得荣誉。
如今他们将我女儿抛弃在科尔佩斯橡树林中,
他们与我早已绝了情,我也不再爱他们;
他们既已不是我的女婿,就应该将剑归还给我本人。”
　　法官们说:“熙德的要求合情合理。”
这时堂加尔西亚伯爵插言:“现在我们来回答。”
卡里翁两公子带着他们的亲戚和一批同党,

走到了大厅的一旁,
为做出答复他们进行了紧急磋商:
“熙德对我们还算帮了忙,
他没有要算我们凌辱他女儿的账,
只要国王出来打圆场,这场官司会有好的收场。
他只要还两柄剑,我们完全可以归还,
他一拿到剑,御前庭审就会告终,
熙德·坎佩亚多尔就无权再索要赔偿。”
他们这般商量停当,两公子便来到法庭把话讲:
“堂阿方索国王陛下,我们的主公,
我们不否认熙德赠给我们利剑一双,
他既然向我们索还,
我们可以当您的面交还这两柄剑。”
　　他们取出“科拉达”和“蒂松”,
将它们交到国王手中。
这两把宝剑一拔出鞘,整个大厅寒光闪闪,
两剑的剑柄全由纯金制成,
参加庭审的正直的人都发出赞叹声。
国王叫熙德走近,将两剑交到他手中。
熙德接过宝剑,吻了吻国王的手,
随后回到了原来的座椅。
熙德手持两剑,看得非常仔细,
他对剑异常熟悉,两公子无法以假充真。
熙德非常高兴,由衷地发出一阵笑声。
他抬了抬手,捋一下胡须,说:
“我以这一把从来没有让人拔过的胡须起誓,
我一定要为堂娜·埃尔维拉和堂娜·索尔报仇雪耻。”
他叫了一声:“堂佩德罗侄子。”

随即伸手将“蒂松”剑交给他：
“快拿住，让这柄剑换个好主人。”
接着又叫了一声：“马丁·安托利纳斯。”
便将“科拉达”剑交给了这位新主：
“马丁·安托利纳斯，我的好部下，
这剑原来的主人是巴塞罗那的拉蒙·贝莱格尔伯爵，
是我从战场上缴获所得，
现在交给您，望好生爱护。
我明白，只要有适当的时机，
您定会以无畏的精神为它赢得荣誉。”
马丁·安托利纳斯吻熙德的手，收下了剑。
　　熙德随即再次站起身：
“感谢上帝，谢谢您，国君和主公，
‘科拉达’和‘蒂松’两柄剑已得到归还，
但卡里翁两公子还有一笔债没有清偿，
当初他们带我两女儿离开巴伦西亚城，
我给了他们三千马克的白银和黄金，
我对他们一片真心，他们对我却这般无耻，那么狠心；
他们既已不是我的女婿，请他们归还这批金银。”
　　诸位请听，这时卡里翁两公子发出怨声！
堂拉蒙伯爵问：“熙德说的是假是真？”
卡里翁两公子回答说：
“我们已还给熙德·坎佩亚多尔利剑两柄，
他已不能再提要求，应该就此结束庭审。”
然而，堂拉蒙伯爵却对他们声明：
“只要得到国王的恩准，
我们有权让你们满足熙德的要求。”
贤明的国王说：“我准许这样要求。”

熙德·坎佩亚多尔听了,立即站起身:
“快还给我那笔钱!
你们或者还钱,或者说出不还的理由。”
　　卡里翁两公子又开始到一旁窃窃商议,
然而,他们却一筹莫展,因为这是一笔巨款,
而且他们早已用完。
无奈他们回到御前法庭:
“征服巴伦西亚的人① 对我们逼得太紧,
他既然迫切想要我们的财产,
我们就拿卡里翁的财物土地折价偿还。”
见两公子已承认这笔债款,法官们开口发言:
“如果熙德认为合适,我们不加阻拦。
不过,依照我们的意见,
你们应该在法庭上交还这笔欠款。”
　　这时,堂阿方索国王说道:
“这件事的来龙去脉已非常分明,
熙德要求偿还的理由也十分充分,
从熙德给的三千马克中,
卡里翁两公子拿出两百马克给了我。
眼见两公子此时已山穷水尽,
我愿将这两百马克还给他们,
让他们还给熙德——吉日良辰诞生的人。
他们既然必须还清这笔钱,我也不想留存。”
　　现在请诸位听听费尔南多·冈萨雷斯如何说:
“我们实在交付不出现金。”
堂拉蒙伯爵听了,回答说:

① 指熙德。

“你们已经花掉了金银，
在国王面前我们做出如下裁定：
你们可用实物偿清，熙德应该接受。”
　　卡里翁两公子明白，这笔债一定得还清，
于是，他们命人送来许多牲口，
有跑马、驮马和骡子，全都体壮膘肥，
还有若干把镶嵌宝石的利剑，
经过法庭估价，熙德全都一一收下。
除了国王阿方索的那两百马克，
两公子该还熙德的钱如数还清。
由于自己财力有限，他们还向他人借了款。
这次宣判使两公子狼狈不堪。

一三八

熙德偿还的要求得到满足后，提出进行决斗。

　　熙德收下了偿还给他的种种物品，
命手下人将它们好生照看。
这些事情办完，他立即又动开了脑筋。
　　他说：“国君和主公请开恩，
他们还有一桩最大的罪行，我不能不提出申诉，
请在座诸位听明，一定会对我产生同情。
卡里翁两公子对我进行了这般欺凌，
我绝对不会轻易放过他们。

一三九

熙德对两公子的无耻行径进行指责。

“请告诉我，卡里翁两公子，
无论是开玩笑还是一本正经或在其他场合，
我有没有在言语方面伤害过你们？
今天在这御前法庭我定要让你们将这笔欠债还清。
你们为什么要这般恶毒地伤害我的心？
当初你们离开巴伦西亚城，我将两女儿交给你们，
给你们带走大笔钱财和荣誉。
既然不爱她们，你们这两个背信弃义的畜生，
为什么还会将她们带离巴伦西亚城？
你们为什么要拿马刺刺，拿马肚带抽打她们？
为什么要将她们遗弃在科尔佩斯橡树林，
让山上的野兽猛禽口中吞？
根据你们的所作所为，你们是十足无耻的人，
你们如果不认罪，那就请法庭裁定。”

一四〇

加尔西亚·奥多涅斯和熙德争辩。

　　堂加尔西亚伯爵站起身：
“陛下，您是全西班牙最好的明君！
在这样庄重的御前法庭上熙德太不严肃，
他不修边幅，将胡须留得这么长，
见他这模样，有人生畏，有人感到恐慌。
卡里翁两公子属豪门望族，
熙德的女儿都没有资格做他们的姘妇，
她们怎能当他们的合法妻室？
将她们遗弃，他们做得合情合理，
熙德刚才这番申诉我们不予理睬。”
　　坎佩亚多尔听了，用手捋了一下胡须：
“感谢主宰太空和大地的上帝，
我的胡须这么长，是因为我让它受到精心保护，
伯爵，您为什么要对我的胡须这么过不去？
我这胡须一长出来就得到好生保养，
决不让任何男子触碰它，
更不允许任何人将它损伤，
就像我对伯爵您在卡布拉城堡干的那样。
那时我夺取了卡布拉，还拔了您的胡须，
您脸上的胡子让卡布拉的年轻人全都拔过；
您让我拔去的那撮胡须至今还没有长齐，
我拔下的胡须现在还藏在口袋里。”

一四一

费尔南多驳斥熙德的指责。

费尔南多·冈萨雷斯这时站起身,
诸位请听,他说话时的大嗓门:
“熙德,请你别吹毛求疵,尽扯那些鸡毛蒜皮,
该还的东西我们全都还给了你,
你为什么还要将旧事重提?
我们是卡里翁伯爵的后裔,
我们原本应娶国王或皇帝的女儿为妻,
不应该和你这样普通贵族的女儿结亲。
抛弃你的女儿,我们有这个权利,
因此,我们的身份只会提高,绝对不会降低。”

一四二

熙德鼓动佩德罗·贝尔穆德斯发起挑战。

熙德·鲁伊斯·地亚斯看佩德罗·贝尔穆德斯
说道:

“佩德罗·穆多[1],别老不说话,快说一说,
我的女儿是你的堂妹妹,
他们刚才的这一番胡言乱语也是对你的侮辱,
我如果回答,你就不可能用武器做出答复。”

一四三

佩德罗·贝尔穆德斯向费尔南多挑战。

佩德罗·贝尔穆德斯准备发言,
一开始他说不出话,舌头有些发僵,
可是,话匣子一打开,就滔滔不绝,没有个完。
“熙德,我要说,您有一个习惯,
在大庭广众总叫我佩德罗·穆多,
您知道,我说起话来是有些结巴,
不过,该说的话我还是得说。
费尔南多,你刚才说的全是谎话,
你全靠坎佩亚多尔,才达到了名利双收。
现在我帮你回忆一下你的种种花招和奸计。
你一定还记得当年我们在巴伦西亚作战的情景。
你向坎佩亚多尔要求去打头阵,
你见到一个摩尔人,立刻向他发起进攻,
还没有靠近,你便掉转马头往回奔。

① “穆多”(Modo)原文的意思是“哑巴”。

那时如果我不来助阵,摩尔人早就要了你的命。
我飞马上前,迎战摩尔人,
只几个回合,就将他战胜。
我将摩尔人的马匹给了你,这件事我一直守口如瓶,
到今天为止,我没有对任何人吭一声。
你一见熙德和众人,便吹得天花乱坠,
说自己杀了摩尔人,立下不朽功勋,
众人不知真情,全都信以为真。
你长得一表堂堂,却胆小如鼠,
你说得多,做得少,还敢在这儿唠叨!

一四四

佩德罗·贝尔穆德斯继续挑战。

“费尔南多,下面这件事你应供认不讳,
你一定记得巴伦西亚狮子的事情。
熙德当时正在打盹儿,狮子出了笼,
费尔南多,你已吓得魂不附体,做出什么反应?
你居然钻到熙德椅子下面逃命!
没有错,费尔南多,你是在椅子下藏身,
因此,你是个毫无作为的小人。
当时我们围着椅子,守护着熙德,
不久,征服巴伦西亚的这个人就从梦中惊醒,
他从座椅上站起身,向狮子靠近,
狮子见他走近,低下脑袋十分驯顺,

熙德抓住它的脖颈,猛一推将它关进兽笼。
这时熙德回头观望,
见部下们全都围着自己,
便问他的女婿们在哪里,
四处寻找,谁也不知你们躲在何地。
现在我向你挑战,因为你卑鄙,背信弃义。
这话我当着国王的面向你说清,
我是为了替熙德的女儿堂娜·埃尔维拉和堂娜·索尔报仇雪耻。
你们抛弃了她们,这行为太卑劣,太见不得人!
她们是女人,你们却是男子汉,
然而,从任何方面看,她们都比你们强十分。
如果主愿意,我们就进行决斗,
我一定要让你承认自己是背信弃义的小人。
我刚才说的这些话,我坚持说,都是真情。”
他俩的争论就到这里暂停。

一四五

迭哥进行反驳。

现在再请诸位将迭哥·冈萨雷斯说的话听一听:
“我们属最高贵的伯爵血统,
当初要不是为了想跟熙德·堂罗德里戈结亲,
我们压根儿就不会和他的女儿通婚。
抛弃他女儿,我们一点也不后悔,

而她们这一辈子将会叹息终生，
会对我们的行为进行无休止的指责、批评。
就是跟最勇敢的人进行决斗，我也要发表这些言论。
遗弃了她们，反使我们更加光荣。”

一四六

马丁·安托利纳斯向迭哥·冈萨雷斯进行挑战。

这时，马丁·安托利纳斯站起身：
“住口，一派胡言，你这背信弃义的人，
你不应忘记狮子的事情，
当时你夺门而出，拼命往外逃遁，
后来躲在作坊的一根柱子后保命，
斗篷和长袍弄得脏污不堪，不能穿用。
对你这种人，我只有进行决斗，
为熙德的女儿报仇，因为你们抛弃了她们。
从任何角度看，她们比你们强十分。
一旦开始决斗你就会亲口承认，
你谎话连篇，是个言而无信的人。”

一四七

阿苏尔·冈萨雷斯进入御前法庭。

争论的双方发言暂停，
阿苏尔·冈萨雷斯就在此时进入府门。
他身穿长袍，还披一件貂皮斗篷，
由于才用过午餐，进来时还满脸通红，
他说的话全都是非颠倒，像神经有毛病。

一四八

阿苏尔侮辱熙德。

“先生们，什么时候见过这类事情？
谁会说我们沾了比瓦尔人熙德的光才高贵扬名[①]？
让他去乌比埃纳[②] 河畔管理磨坊，
让他去那儿收取推磨费，就像往常干的那样，
谁叫他将女儿嫁给卡里翁两公子！”

① 比瓦尔是个小村镇，阿苏尔称熙德为比瓦尔人是有意贬低他。
② 比瓦尔旁的一条小河。

一四九

穆尼奥·古斯蒂奥斯向阿苏尔·冈萨雷斯挑战。纳瓦拉和阿拉贡[1] 的使者请熙德将女儿许配给王子为妻。阿方索准许她们再婚。米纳雅向卡里翁两公子挑战。戈麦斯·佩拉埃斯应战,但国王只给前面提出决斗的人确定决斗的日期。国王保护熙德手下三个决斗人。熙德向所有的人赠送告别礼物[2]。国王跟熙德离开托莱多城。国王命熙德跑马。

这时,穆尼奥·古斯蒂奥斯站起身,
"住口,你这个胡言乱语的人,
你在进行祈祷前就吃饱了肚子,
在对人进行亲吻[3] 时饱嗝打个不停。
无论对朋友还是对主公都不说真情,
你对人虚伪,对上帝更不虔诚,
对你这样的人根本不能讲友情。
我一定要让你承认,你就是我说的那样的人。"

---

① 纳瓦拉和阿拉贡当时均为王国,现在是西班牙的行省。

② 手抄本在这里有缺失,以《二十国王编年史》补足。

③ 基督徒一般都在饭前进行祈祷;这儿说的亲吻是指弥撒中的亲吻礼。

这时,国王阿方索插言:“现在结束论争。
愿上帝保佑,让刚才提出挑战的人进行决斗。”
　　国王做了这个决定,
便有两名骑士走进御前法庭:
一人叫奥哈拉,伊尼戈·希梅内斯是另一个人的姓名;
一位是纳瓦拉王子派来的使臣,
另一人受阿拉贡王子派遣前来求婚。
他们先将阿方索国王的手吻一吻,
随后就向熙德·坎佩亚多尔恳求,
通过明媒正娶,让他两个女儿成为
纳瓦拉和阿拉贡王后。
整个宫廷鸦雀无声,众人都在侧耳倾听。
熙德·坎佩亚多尔站起身:
“阿方索国王,您是我的主公,请开恩,
纳瓦拉和阿拉贡王国派来了使臣
向我两个女儿求婚,
当年将她们出嫁是您做的主,而不是我本人,
今天她俩的婚事仍旧由您决定,
没有您的谕旨,我不插手她们的婚事。”
于是,国王站起身,让法庭保持安静:
“彬彬有礼的熙德·坎佩亚多尔,我请求您,
接受他们的求婚,我也表示同意。
这门亲事就在这御前法庭上确定,
这会增加您的荣誉和您的封地。”
熙德站起身来,吻国王的手:
“主公,如果您乐意,我也同意。”
国王说:“愿上帝嘉奖您。
奥哈拉和伊尼戈·希梅内斯,

我已准许这门亲事，
同意将熙德的女儿堂娜·埃尔维拉和堂娜·索尔，
嫁给纳瓦拉和阿拉贡王国两王子，
熙德也同意她们成为王子的合法妻室。”
奥哈拉和伊尼戈·希梅内斯站起身，
先将国王的手吻一吻，
随后又吻熙德·坎佩亚多尔的手。
他们发誓，并做出保证，
说到的一定做到，还要做得更好。
这件事使御前法庭的人都十分欢欣，
只有卡里翁两公子觉得不高兴。
　　米纳雅·阿尔瓦尔·发涅斯这时立起身：
“国王和主公，请开恩，
也请熙德不要认为我的行为太鲁莽。
在整个审讯过程中，我一直没有将您打扰，
眼下我有几句话要向你们禀告。”
国王说：“我愿洗耳恭听。
米纳雅，快说吧，说什么都行。”
“我请求法庭对我的话细细听明，
我对卡里翁两公子的行为十分憎恨。
我奉阿方索国王之命，亲手将两堂妹交给他们，
让他们娶她们作为合法正妻；
熙德·坎佩亚多尔赠他们许多金银，
最后他们还是将她们抛弃在橡树林。
对这样背信弃义的坏人我要提出挑战。
你们原本是贝尼·戈麦斯[1] 的后裔，

① 即卡里翁的伯爵戈麦斯·地亚斯。

许多著名的英勇的伯爵都属这门第，
当然也出了你们这样的无耻叛逆。
我衷心感谢上帝，
纳瓦拉和阿拉贡两王子派来了使臣，
向我两堂妹堂娜·埃尔维拉和堂娜·索尔求婚。
她俩曾经是你们的合法妻子，
现在必须吻她们的手，称她们为王后，
尽管你们不愿意，但必须向她们俯首称臣。
感谢苍天，感谢堂阿方索国王，
熙德·坎佩亚多尔的名声会与日俱增，
而你们从任何角度看，还是我说的那种人。
谁对我的话有异议或愿同我辩论，
我阿尔瓦尔·发涅斯一定奉陪到底。”
　　这时，戈麦斯·佩拉埃斯站起来说：
“米纳雅，你刚才说的全是废话，
你要进行决斗，这儿有许多人愿意奉陪，
到时候你很可能会倒霉。
上帝如果让我们赢得这场决斗，
你就得认真考虑自己的言行。”
　　国王说：“辩论就到这儿结束，
谁也不要再进行争论。
决斗时间就在明晨，太阳一出就开始，
三人对三人，他们刚才已在法庭上有过论争。”
　　卡里翁两公子听了，马上提出异议：
“国王，明天来不及，请将时间往后移，
我们的马匹和武器已在熙德手里，
我们得先回一趟卡里翁——我们的领地。”
于是，国王对坎佩亚多尔说：

“决斗的时间和地点由您决定。”
熙德回答说:“不行,主公,
若由我定,我愿去巴伦西亚,不去卡里翁。”
国王说:“那也好,坎佩亚多尔,
您将决斗的骑士交给我,
让他们跟我走,我当他们的保护人。
我作为贤臣的君主,要对您做出保证,
任何伯爵和贵族都不得伤害他们。
我就在法庭上将日期说明,
三星期后,决斗就在卡里翁平原进行,
要当着我的面将胜负确定;
谁不出席,就做弃权论,
同时宣布被战胜,还落个背信弃义的罪名。”
卡里翁两公子接受了王命,
熙德吻了吻国王的手,说:
“我这三名骑士就交到您手中,
我将他们托付给您,国王和主公。
他们已做好准备,完成自己的使命。
决斗完了,请您体体面面地派他们回巴伦西亚城。”
国王说:“但愿一切如意。”
　　于是,熙德·坎佩亚多尔便摘下头盔,
还脱下洁白如阳光的丝织束发帽,
又解开捆扎胡须的带子让胡须松开。
整个法庭上的人全都目不转睛地注视着他。
熙德向堂恩里克伯爵和堂拉蒙伯爵靠近,
热情地拥抱了他们,
随后又一片真诚地请他们随意拿取他的金银;
对法庭上站在他一边的人们也表示了同一意愿:

请他们任意取用他的财物。
有些人取了,有些人却不肯取用,
对国王的两百马克熙德不仅没有讨还,
而且还赠送他许多珍贵的礼品。
“国王,请您开恩,
这儿的事情全都办成,
我吻您的手,并请陛下恩准,
我想回到浴血奋战赢得的巴伦西亚城。”

于是,熙德向纳瓦拉和阿拉贡的王子派来的使臣赠送了马匹和其他的必需品,随后,打发他们回去。

堂阿方索国王上马和宫廷的所有将士一起将熙德送到城外。他们到达“索科多贝尔”① 时,国王对骑在“巴维埃卡”上的熙德说:“堂罗德里戈,我已久闻这匹马的大名了,我想看您骑上这匹马疾驰一番。”熙德笑着回答说:“主公宫廷中有许多善骑的将士,您何不请他们跑一跑自己的马呢。”国王说:“熙德,您的话没有错,不过,我还是想请您跑一跑,以饱我的眼福。”

一五〇

国王赞赏“巴维埃卡”,但没有将它作为礼物收下。熙德对三个参加决斗

① 系阿拉伯文的音译,意思是“圆形的市场”,是托莱多城的主要广场。

的人进行最后一次嘱咐。熙德回巴伦西亚。国王去卡里翁。决斗的日期已到。卡里翁一方的人想使对方不用“科拉达”和“蒂松”剑。熙德方面的人要求国王保护自己并上了决斗场。国王指定可靠的人管理决斗场并对卡里翁一方的人进行警告。管理决斗场的人做好决斗的准备。第一次决斗。佩德罗·贝尔穆德斯战胜费尔南多。

于是,熙德用马刺踢马,“巴维埃卡”腾空飞奔,
在场的人发出阵阵惊叹声。
国王抬手在脸上画了十字:
“我以莱昂的圣依西多罗的名义起誓,
在整个王国的土地上,找不到像熙德这样优秀的人。”
熙德策马来到国王的面前,
吻了吻主公的手,说道:
“遵旨已跑过了快马‘巴维埃卡’,
这样的良驹哪儿都找不到第二匹,
我愿将它赠送主公,请收下。”
国王说:“这样做我认为不妥,
我若收下,它就会失去您这样的好骑手。
好马配上您这样的骑手才合适,
您骑上它可以战胜摩尔人,追歼逃敌。
谁要从您手中夺走此马,主也不允。
有了您,有了这匹马,我们感到光荣。”
国王和熙德告别,便带随从去卡里翁。
熙德对三个参加决斗的人谆谆嘱咐:

“马丁·安托利纳斯、佩德罗·贝尔穆德斯
和穆尼奥·古斯蒂奥斯,你们都是我的好部下,
作为勇士,你们在决斗场上要坚定,
我在巴伦西亚静候你们的佳音。”
马丁·安托利纳斯说:“主公,何劳您叮嘱,
我们既已承担这义务,一定会完成使命。
我们宁可牺牲,让我们屈从绝对不可能。”
吉日良辰诞生的人听了,十分兴奋,
他随即和朋友们告辞启程,
率领部下回到了巴伦西亚城。
　　三个星期的时间匆匆过去,
熙德手下三个决斗的人已到了卡里翁,
他们要为主人报仇泄愤。
这时他们得到了莱昂人阿方索的保护,
等待卡里翁两公子已有两天整。
两天后,两公子来临,全身披挂,骑着骏马,
还带来了许多亲朋。
亲友们怂恿他们,将熙德的人引开决斗场,
在荒野里将他们杀害,让熙德脸上无光。
这个计策十分阴险,却未能得逞,
因为他们害怕阿方索这个莱昂人。
　　当晚决斗士们守护自己的盔甲,并向上帝祈祷。
夜晚过去,黎明来临,
决斗场上已聚集了许多有钱人,
他们都有目睹这场决斗的雅兴,
尤其是因为阿方索国王将亲自驾临,
他将主持正义,反对不公正。
熙德的人早已披挂整齐,

他们是同一主人的保卫者，都已做好准备。
决斗场的另一边两公子也甲胄裹身，
加尔西亚·奥多涅斯伯爵是他们的顾问。
他们这时还喋喋不休地向国王请求，
在决斗中不准用“科拉达”和“蒂松”，
不让熙德的人用这两柄利刃；
他们还因归还了两剑而后悔不已。
他们向国王提出请求，国王没有答应，
他说：“当初在御前法庭你们没有提出禁用，
你们如果有利剑，完全可以使用。
这条原则也适用于熙德方面的人。
卡里翁公子们，你们应该大胆上场，
在决斗场上要像个男子汉，
熙德方面的人一定会做出榜样。
如果在决斗场上赢了，你们就脸上有光；
要是被打败，请别怪我们，
大家都明白，你们自己有责任。”
卡里翁两公子此时非常伤心，
他们对自己过去的作为后悔万分，
只要能将过去的恶劣行为一笔勾销，
让他们交出卡里翁的全部产业也愿意。
　　熙德方面的三人早已做好决斗的准备。
阿方索国王前来看望他们，
熙德的部下对国王禀明：
“我们吻您的手，国王和主公，
我们请求您在我们和他们决斗时主持公道，
保护我们伸张正义，免遭他们暗算。
卡里翁两公子这儿有许多党羽，

我们不知他们会要什么花招，
熙德已将我们托付陛下手中，
务请您为我们主持正义和公道。”
国王回答说：“我一定尽心尽力做到。”
　　有人替熙德的人牵来了快马三匹，
他们对马鞍画过十字，便利索地上了马，
将一副中间镶金的盾牌在脖子上悬挂；
手中紧握着枪尖十分锋利的长枪，
三面小旗分别系在三支枪头上。
许多英雄好汉簇拥着他们上场，
这时他们已出现在设有标志的场地上。
熙德方面的三人早已下了决心，
在决斗场上一定要杀伤自己的对手。
卡里翁两公子出现在决斗场的另一方，
他们四周围着亲朋党羽一大帮。
国王指定了几个裁判，命他们执法一定要公平，
不要在是非问题上和决斗人争论。
待决斗人来到场上，阿方索国王宣讲：
“卡里翁公子们，请听，我有话讲明：
这场决斗原本在托莱多进行，
由于你们不愿，才改在卡里翁。
熙德的三名骑士在我的保护下来到这里。
你们要正正规规地交锋，绝对不准搞阴谋施诡计，
干歪门邪道的事我不允许。
谁那么干，就别想安安稳稳地待在我的国土上。”
听了国王的话，两公子感到十分懊丧。
　　裁判和国王划定了决斗场的边界，
决斗的双方便各自退到决斗场地的一方。

裁判向六名决斗人讲明，
谁越出了边界，谁就被战胜。
观看决斗的人都退出了决斗场地，
离开边线足有六条长枪的距离。
抽签决定了场地，双方平等地享有阳光。
接着裁判站立在中央，决斗者面对面地站立两旁。
随后，熙德的骑士从这边发起进攻，
卡里翁两公子则从另一边进攻熙德的人，
每个决斗者都虎视眈眈地瞧着对手。
他们都拿盾牌护住自己的胸口，
将插有小旗的长枪枪尖朝地，
脑袋俯伏在马鞍架的上方，
用马刺使劲地踢着战马。
顿时战马飞奔，大地震荡。
每个决斗的人都想致敌于死地，
三个对三个，各有自己厮杀的对象，
周围的观战者认为他们随时都会阵亡。
　　佩德罗·贝尔穆德斯是第一个提出挑战的人，
他与费尔南多·冈萨雷斯对阵，
他们无畏地刺杀，拿盾牌护身。
费尔南多·冈萨雷斯一枪刺中堂佩德罗的盾，
刺穿了盾牌，却没有伤着他的身，
他自己的长枪却折断变成两根。
佩德罗·贝尔穆德斯在马上坐得正，没有晃动毫分。
他挨了一枪，立即向对手刺一枪回敬，
将对方的盾牌刺穿，并将它击落在地。
随后，他又一阵猛刺，使对手无还手余地，
其中一枪刺中胸部，离心脏只几厘米。

费尔南多的护胸甲有三层，这救了他的命，
枪尖刺穿了外面两层，却没有穿透第三层。
然而，这一枪刺得太猛，
使他的战袍和内衣陷入躯体深及一手掌，
费尔南多口吐鲜血已有内伤，
马肚带断裂，系不住马鞍，
他从马屁股上滑下，跌倒在地上。
围观的人以为他已受了致命伤。
佩德罗将长枪插在地上，伸手拔剑，
费尔南多·冈萨雷斯认出这是“蒂松”，
还没有等剑劈来，他就大叫：“我认输！”
裁判们判定后，佩德罗·贝尔穆德斯便饶了他。

一五一

马丁·安托利纳斯战胜迭哥。

堂马丁和迭哥·冈萨雷斯持枪交手，
双方猛刺猛打长枪折成两段，
马丁·安托利纳斯便伸手拔剑，
一道银光将决斗场照得雪亮。
堂马丁向对手横劈一剑，
将头盔的皮带砍为两段，
头盔的顶部随即落在地上；
这一剑还砍到了他的衬帽和束发帽，
将衬帽和束发帽也削落在地，

3655 还削下一撮头发,削去了一块头皮。
砍落之物落在地上,残余部分仍在他身上。
　　“科拉达”剑这般锋利,
迭哥·冈萨雷斯明白,自己性命难保。
于是,他猛拉缰绳,掉转马头,
3660 手中虽还持着剑,却没有还击。
3662 马丁·安托利纳斯没有让他喘口气,
他又猛击一剑,不过用的是剑平面,没有用剑锋。
3664 公子吓得大声疾呼:
3665 “光荣的主,保佑我免遭剑劈!”
他猛地勒住马,躲过了这一击,
随后又拨马跑出界外①,堂马丁还在场里。
　　国王对马丁说:“请来到我身旁,
根据您刚才的表现,您已赢得了胜利。”
3670 国王说得合情合理,裁判们都同意。

一五二

穆尼奥·古斯蒂奥斯战胜阿苏尔·冈萨雷斯。两公子的父亲宣称他们决斗已失败。熙德方面的人小心谨慎地返回巴伦西亚。熙德很高兴。熙德两女儿第二次结婚。游唱诗人结束熙德之歌。

① 依照决斗规则,自动越出界外,即意味着已承认失败。

刚才熙德手下的两人已经获胜，
再说穆尼奥·古斯蒂奥斯和阿苏尔·冈萨雷斯之争。
他俩一阵猛刺猛打，枪枪刺中了对方的盾，
阿苏尔·冈萨雷斯既勇猛又力大无穷，
他一枪刺穿穆尼奥·古斯蒂奥斯的盾牌，
还将他的盔甲刺了一个洞，
不过，枪尖没有伤着穆尼奥的皮肉。
穆尼奥·古斯蒂奥斯立即进行还击，
他一枪刺穿了阿苏尔·冈萨雷斯的盾心，
枪尖还穿破了他的盔甲，
连同枪尖上的小旗一起，刺入了阿苏尔的躯体，
只是离心脏还有一定的距离。
长枪刺穿身躯，从背后露出枪尖好几寸。
穆尼奥将长枪抽回，阿苏尔在马鞍上摇晃，
一拔出长枪，阿苏尔便跌落在地上。
鲜血染红了枪杆、枪尖和枪尖上的小旗，
众人都以为，阿苏尔已受了致命伤。
穆尼奥又提起长枪，枪尖抵在阿苏尔身上。
贡萨洛·安索莱斯叫道："看在上帝分上，别杀害他，
他已战败在决斗场，可以收场。"
裁判们说："您刚才说的我们全都听到。"
于是，阿方索国王下令清理决斗场，
决斗场上的武器就归了王上。
熙德方面的人在决斗时打了胜仗，
他们离开时无比荣光；
然而卡里翁的土地上却笼罩着一片悲凉。
国王吩咐熙德的人夜里离开卡里翁，

这样就不会遭到袭击,不必担惊受怕。
他们行为十分谨慎,日夜兼程,
终于回到了巴伦西亚城。
他们完成了熙德交付的使命,
将卡里翁两公子打得差一点丧生。
熙德听了无比兴奋,
卡里翁两公子则身败名裂。
谁凌辱自己的妻子,后来又将她抛弃,
下场就与他们无异,甚至会更糟糕。
　　卡里翁两公子的事我们就说到这里,
反正他们受到了惩罚,内心悲痛无比。
我们再说说吉日良辰诞生的人的事情。
巴伦西亚城这时已一片欢腾,
因为熙德的人赢得了决斗,光荣万分。
鲁伊·地亚斯捋着胡须,说:
“感谢天国之主,我女儿们的仇已报,耻已雪!
两公子也不必担心她们会去占有卡里翁的产业!
我可以将女儿改嫁别人,不会感到羞愧。”
　　纳瓦拉和阿拉贡的王子正为婚事奔忙,
他们会见了莱昂人阿方索国王,
堂娜·埃尔维拉和堂娜·索尔终于如愿以偿,
第一次婚礼虽十分隆重,这次却超过了上次的盛况,
这一次比上一次更加荣光。
眼下自己的女儿已成为纳瓦拉和阿拉贡王子的娇妻,
西班牙各王国的国王都是他的亲戚,
诸位瞧吉日良辰诞生的人该有多大的荣誉和名气,
全体西班牙人也因他而感到光荣无比。
　　巴伦西亚的主人熙德在圣灵降临的那一天,

得到了基督的原谅，离开了人世间。
我们中间有人正直无私，有人做过错事，
但或早或晚也得离开尘世。
　　这就是熙德·坎佩亚多尔的英雄史，
《熙德之歌》就到此为止。

图书在版编目（CIP）数据

熙德之歌 /（ ）佚名著；屠孟超译. —南京：
译林出版社，2018.12（2019.9 重印）
（世界英雄史诗译丛）
ISBN 978-7-5447-7545-8

I. ①熙… II. ①佚…②屠… III. ①英雄史诗－西
班牙－中世纪 IV. ① I551.23

中国版本图书馆 CIP 数据核字（2018）第 234781 号

熙德之歌　佚　名 / 著　屠孟超 / 译

责任编辑　彭　波
装帧设计　韦　枫
校　　对　蒋　燕
责任印制　颜　亮

出版发行　译林出版社
地　　址　南京市湖南路 1 号 A 楼
邮　　箱　yilin@yilin.com
网　　址　www.yilin.com
市场热线　025-86633278
排　　版　南京展望文化发展有限公司
印　　刷　江苏凤凰新华印务有限公司
开　　本　850 毫米 × 1168 毫米　1/32
印　　张　6.625
插　　页　4
版　　次　2018 年 12 月第 1 版　2019 年 9 月第 2 次印刷
书　　号　ISBN 978-7-5447-7545-8
定　　价　52.00 元